Michael Krug

Mittagsdämmerung

D1717937

Michael Krug

Mittagsdämmerung

Erzählungen

Bibliografische Information der Deutschen Nationalbibliothek
Die Deutsche Nationalbibliothek verzeichnet diese Publikation in der
Deutschen Nationalbibliografie; detaillierte bibliografische Daten
sind im Internet über http://dnb.d-nb.de abrufbar.

Michael Krug
Mittagsdämmerung
Erzählungen

Berlin: Pro BUSINESS 2013

ISBN 978-3-86386-458-3

1. Auflage 2013

© 2013 by Pro BUSINESS GmbH
Schwedenstraße 14, 13357 Berlin
Alle Rechte vorbehalten.
Produktion und Herstellung: Pro BUSINESS GmbH
Gedruckt auf alterungsbeständigem Papier
Printed in Germany
www.book-on-demand.de

Mittagsdämmerung

„Wohin gehst du?" Wie er die Frage seiner Frau hasste. Ständig diese Kontrollfragen. Ihm fiel der frivole Standardsatz eines Freundes ein, der stets warnend darauf hinwies: „Sag deiner Frau immer, wo du hingehst, verrate ihr dagegen nicht, wo du herkommst." Er musste in sich hineinkichern, war sich aber seiner ungerechten Kritik durchaus bewusst. War es doch reine Fürsorglichkeit, die seine Frau zu diesen und ähnlichen Fragen veranlasste. Im Inneren wusste er das sehr wohl und dennoch ärgerte es ihn.

„Ich will ein wenig spazieren gehen und dann zum Fluss, um den Anglern eine Weile zuzuschauen!" Seine Frau nickte ihm aufmunternd zu: „Ein guter Gedanke, bei diesem schönen Frühsommerwetter. Sei so lieb und bringe auf dem Rückweg ein paar Erdbeeren mit!"

Ha! Das war der nächste Punkt, der ihn auf die Palme bringen konnte. Sie hatte die Angewohnheit, alles mit einem kleinen Auftrag zu verknüpfen. Nichts Wesentliches, aber gleichwohl Pflichten, die seine Konzentrationsfähigkeit auf die Probe stellten und die ihm wie ein Gradmesser für sein Erinnerungsvermögen erschienen. Allzu leicht vergaß er diese Aufträge oder führte sie nur unvollständig aus, was ihn, der früher ein Fels an Zuverlässigkeit gewesen war, maßlos deprimieren konnte.

Gut! Erdbeeren! Leicht zu behalten. Erdbeeren!

Er nahm den Weg über die Felder, der in eine nahezu intakte Auenlandschaft führte. Von alters her wurde sie landwirtschaftlich nur für die Heugewinnung genutzt. Auf einem erhöhten Aussichtspunkt, einer kleinen Brücke, die über einen Bach führte, verweilte er, wie so oft, eine geraume Zeit, um diese ihm überaus lieb gewordene Naturkulisse auf sich wirken zu lassen. Sie hätte Claude Lorrain als Vorlage für dessen klassizistische Landschaftsmalereien dienen können. Kleine, versetzte Gehölzinseln, so, als hätte einer der berühmten englischen Gartenarchitekten diesen Anblick entworfen, hin und wieder eine Trauerweide, die ihre mächtigen Mähnen sanft im Sommerwind schaukeln ließ, kleine, halbverlandete Tümpel mit wogendem Schilf und in der Ferne ein Auewald, der im blassgoldenen, von Silberdunst durchwebten Licht der Mittagszeit wie eine gerade noch erahnbare Begrenzung, wie der Teil eines Rahmens für dieses landschaftliche Ideal wirkte. Der Lauf des nicht mehr so fernen Flusses, das Ziel seines kleinen Ausflugs, ließ sich gut an dem Saum aus Pappeln, Salweiden und Schwarzerlen verfolgen.

Er atmete tief ein und trank mit allen Sinnen dieses Übermaß an Schönheit. Ihm wurde ein wenig schwindelig. Woran sollte er sich erinnern? Ah ja, Erdbeeren!

Seine Beine kamen ihm heute schwerer vor als sonst. Er verspürte den Wunsch, sich hinzusetzen und sich für einen Moment auszuruhen, aber er trottete langsam weiter und ließ die Landschaft dabei nicht aus den Augen. Er kannte diese Szenerie seit einigen Jahrzehnten und war trotz allem immer wieder überrascht, wie neu er sie in jeder Jahreszeit erlebte. Er war dankbar dafür, dass er dieses Staunen nicht verlernt hatte, nie satt geworden war, ja, in seinem Inneren sogar beständige Sehnsucht nach diesem Landschaftsbild, das ihm wie eine Verheißung zu sein schien, verspürte.

Die es über alle Maßen gut meinende Sonne belastete ihn. Sonst war er nicht so empfindlich. Vielleicht hätte er doch einen Hut aufsetzen sollen. Aber er empfand eine Kopfbedeckung immer als lästig, weil die Krempe seinen Gesichtskreis einengte. Erdbeerfarbener Bikini! Er musste unwillkürlich laut auflachen. Dass ihm dieses Jugenderlebnis gerade jetzt einfallen musste! Sie war seine erste schwärmerische Liebe. Ein süßer Fratz mit Stupsnase. Im Schwimmbad hatten sie sich kennengelernt. Sie trug einen erdbeerfarbenen Bikini mit weißen Punkten. Doch jäh wurde ihre gerade beginnende Zweisamkeit, die außer zu sehr scheuen, aber umso zarteren Berührungen zu keinen Weiterungen geführt hatte, auseinandergerissen, als beide Familien in Urlaub fuhren. Heiße Liebesbriefe wurden während der schmerzlichen Trennung gewechselt, mit nicht mehr in Worte zu fassenden Kussorgien, die aus schierer Hilflosigkeit mit endlosen Zahlenkolonnen ausgeschmückt wurden. Das Umrechnen der unermesslichen Kussmenge auf einen Sekundentakt, der Rechenvorgang war sehr mühselig und ergab eine nicht zu bewältigende Anzahl. Doch was war schon Goethes „unersättlich nach viel tausend Küssen" gegen seinen damaligen Kusshunger. Aus den Ferien zurück, zeigte sie ihm schnippisch die kalte Schulter. Diese Abfuhr hatte ihn tief getroffen. Ständig schaute er im Schwimmbad nach dem Erdbeer-Bikini aus. Er sah ihn nie wieder. Jedenfalls so lange nicht, bis seine unsterbliche Liebe eines Tages dann doch noch gestorben war. Sanft entschlummert. Den Verlust betrauernd, dachte er an diese so überaus unschuldige Zeit zurück. 14 oder 15 Jahre alt war er wohl gewesen, sie vielleicht ein Jahr jünger. An ihr Gesicht konnte er sich nicht mehr erinnern. Lediglich an die Nase und ihre vollen Lippen. Erneut lachte er vor sich hin und schüttelte über seine durch die Vergangenheit stolpernden Gedanken den Kopf. Die Erdbeeren würde er vermutlich nicht vergessen.

Unterdessen war er in seinem gemächlichen, von vielen Verweilpausen unterbrochenen Schlendergang am Fluss angekommen. Dieser war bislang noch nicht in ein künstliches Bett gezwungen worden und mäanderte deshalb in ausholenden Schleifen durch das weitläufige Auetal. Der Fluss hatte eine sehr sanfte Strömung, die auch nach schneereichen Wintern nur wenig an Mächtigkeit zunahm. Selbst die kleinen Strudel hinter den vielen Sandbänken hatten nichts Aufgeregtes an sich, sondern unterstrichen mit ihrem kaum hörbaren Gemurmel und gelegentlichem Glucksen die sommerliche Trägheit des Wassers.

Die Mittagshitze empfand er inzwischen als fast unerträglich. Er suchte sich eine Bank im Schatten einer mächtigen Eiche und beruhigte seinen arg strapazierten Kreislauf. Müdigkeit überkam ihn. Er wäre gerne eingenickt, empfand das aber im Hinblick auf die Tageszeit und den Ort als unschicklich und bemühte sich deshalb, die Augen offen zu halten. Wer war eigentlich seine zweite Freundin? Annegret hieß sie und hatte etwas betont Laszives. Er hatte mangels Mutes nie herausfinden können, ob ihre ausgeprägte Sinnlichkeit nur Pose oder das wahre Wesen dieser schon jungen Frau gewesen war. Ihre Stimme hatte er noch im Ohr. Ein tiefes, warmes Timbre. Doch auch diese von ihm als unvergänglich empfundene Liebe, die auszuleben er in seiner damals immer noch knabenhaften Unerfahrenheit nicht den Mut aufbrachte, hielt nur etwas länger als einen Sommer. Annegret begann ihr Studium in Heidelberg und wollte ihre Sinnlichkeit an anderen erproben.

Auf der unter ihm liegenden Landzunge hatte währenddessen ein Angler sein Gerät ausgepackt. Der Fluss war recht fischreich und, da er sauberes Wasser führte, geschätzt wegen seiner Forellen. Während die meisten Angler den Fischen mit Blinkern oder Würmern nachstellten, frönte dieser hier dem Fliegenfischen, einer hierzulande selten geübten Angelkunst. Fasziniert beobachtete er die Vorbereitungen, was ihm ein wenig Auftrieb gab. Dennoch hatte er Schwierigkeiten, sich zu konzentrieren. Auch schienen ihm heute seine Augen nicht sonderlich leistungsstark. Immer wieder versuchte er, die Sehschärfe durch Blinzeln zu erhöhen, bemühte sich, die Tätigkeiten des Anglers zu verfolgen, um deren Sinn zu erkennen. Seine Gedanken schweiften jedoch wieder ab und ließen sich nur schwer zusammenhalten. Ihm fiel als Vergleich eine Schafherde ein, bei der stets einzelne Tiere ausbrachen und von den Hütehunden wieder zurückgescheucht werden mussten. Seine Hütehunde waren die anerzogene Disziplin und sein geordnetes Denken. Doch so sehr er sich auch zur Konzentration ermahnte, heute konnte er seine umherschweifenden Gedanken einfach nicht einpferchen. Er resignierte.

Mit einer bittersüßen Wehmut versuchte er, sich der anderen Lieben seines Lebens zu erinnern. Nicht, dass er in wilder Jagd herumgestreift wäre, aber im Laufe der Jahrzehnte hatte es viele Begegnungen gegeben, für die er trotz des jeweiligen Trennungsschmerzes auch heute noch dankbar war. Er hatte in ihnen immer eine Bereicherung gesehen, und sein Bedauern über das Vorbei entsprang fast ausschließlich dem unerfüllbaren Wunsch, zu wissen, welchen Lebensweg diese Frauen genommen hatten. Ob sie denn überhaupt noch lebten? Eine wunderbare Gabe war seine Fähigkeit, sich an Stimmen erinnern zu können. Ohne länger grübeln zu müssen, war er in der Lage, die Stimme jeder Begegnung seines Lebens in sich erklingen zu lassen, um gelegentlich Zwiesprache zu halten. Dieses besondere Erinnerungsvermögen war bei ihm stärker ausgeprägt als der Geruchssinn oder das bildhafte Gedächtnis. Er wäre ihnen allen gerne noch einmal begegnet.

Das Tageslicht hatte sich verändert. Er empfand das als unangenehm. Der Angler erschien ihm etwas unscharf. So, als wären seine Brillengläser ein wenig beschlagen. Er fühlte sich zu müde, einen Sitzplatz näher an der Sandbank zu wählen. Auch meinte er, genug erkennen zu können, um das elegante Schauspiel des Fliegenwurfs zu genießen. Wie ein Tänzer, wie ein Tänzer des Todes – so wirkte der Angler. In graziler Haltung drehte dieser den Oberkörper, schwang die Angelrute vor und zurück, um dabei immer mehr Schnur freizugeben, so dass die an ihrem Ende befestigte Kunstfliege weiter und weiter flog. Ein lautloser, werbender Tanz, voll verborgener List, allein mit der Absicht zu töten.

„Vergiss bitte die Erdbeeren nicht!" Er lächelte. Wie konnte er, wo ihm doch seine erste Liebe und ihr Bikini eingefallen waren. „Ich bin so wild nach deinem Erdbeermund!" Villon? Jetzt? In seinem Alter? Das Verlustgefühl wurde übermächtig und brannte wie eine Wunde. Doch warum ließ das Tageslicht nach? War er, ohne es zu merken, eingeschlafen und einige Stunden später wieder aufgewacht?

Er versuchte, sich wieder aufrecht hinzusetzen. Allein, die Müdigkeit war übergroß. Der Angler warf immer noch weit ausholend seine Fliegenschnur. Vor und zurück, vor und zurück. Wie Ebbe und Flut. Vor und zurück. Wie Rufen und Herbeiwinken. Er empfand es als verlockend, sich den suggestiven Bewegungen des Tänzers auf der Sandbank hinzugeben. Vor und zurück, vor und zurück. Er löste sich allmählich von seinen Gedanken. Mit einer tiefen, schmerzhaften

Traurigkeit spürte er, dass er auch dieses Mal seinen Auftrag nicht erfüllen würde, obwohl er doch an die Erdbeeren gedacht hatte. Er streckte seine Hand aus, um seiner Frau mit einer um Verzeihung bittenden Geste über die Wange zu streicheln. Der Angler holte aus zu einem mächtigen Wurf.

Sie fanden ihn gegen Abend. Mit einem Lächeln auf den Lippen. Es gelang nicht, ihn aufzuwecken.

Badefreuden

„Amo, amas, amat … Ich liebe, du liebst, er, sie, es liebt", konjugierte Leo, ließ dann aber den Kopf müde und traurig auf die Schreibtischplatte sinken und schaute sehnsüchtig-verträumt durch das Fenster seines als Gefängnis empfundenen Zimmers in den lichtdurchfluteten, heißen Sommernachmittag hinaus. Der Wechsel aufs Gymnasium hatte seine noch zu kindliche Wesensart überfordert und so kämpfte er nun mit den Anfängen einer ihm völlig fremd bleibenden Sprache, die – trotz humanistisch begründeter Proklamationen seitens der Eltern und Lehrer – in ihm auch nicht den Funken einer Einsicht entzündet hatte, man müsse sie kennen oder gar erlernen. „Ludus Latinus" hieß das dazugehörige Schulbuch. Der Lehrer hatte es mit „Spiel" übersetzt, um seinen Schülern den Einstieg in diese arg fremd klingende Sprache ein wenig schmackhafter zu machen. Für Leo war das kein Spiel, sondern, hätte er den Begriff gekannt, reiner Zynismus. Leo verstand unter spielen die Gedanken schweifen lassen, das zu tun, was einem gerade einfiel, in Feld und Wald herumzustromern, in den Heuhaufen der Bauernscheunen zu toben, Igel mit dem Strohhalm zu kitzeln, damit sie sich entrollten, Kirschen zu klauen, mit nackten Füßen im aufgeweichten Teer der Landstraße herumzupatschen, einfach in den Tag hineinzuleben, um dann abends erschöpft und glücklich ins Bett zu sinken.

Die Dorf-Grundschule, damals noch Volksschule genannt, hatte er mühelos bewältigt, er war in den vier Jahren ausschließlich von sehr liebevollen Lehrerinnen unterrichtet worden. Die unpersönliche, strenge Kälte des Gymnasiums, die hochmütige Unnahbarkeit der Studienräte und die Rücksichtslosigkeit, mit der diese den Lehrstoff vermittelten, schreckten ihn ab und ließen ihn hilflos und verwirrt verstummen. Als wäre dies nicht genug, fand er bei seiner ehrgeizigen Mutter kein Verständnis und erst recht keinen Schutz vor den Grausamkeiten. Im Gegenteil: Seine Mutter forderte von ihm uneingeschränkten Fleiß und gute Noten, die er jedoch nicht zu erbringen vermochte. Der Rat des Klassenlehrers, die Mutter möge den Sohn noch ein weiteres Jahr auf der Volksschule belassen, scheiterte an der stolzen Frau, zumal sie ziemlich würdelos in einem damals noch arg schmalen Schulbänkchen Platz nehmen musste, während der Studienrat recht burschikos und in ihren Augen ehrverletzend von seinem erhöht stehenden Pult herab, also quasi ex cathedra verkündete, ihr Sohn habe Knoten im Gehirn, die sich erst noch lösen müssten. Und so begann ein teuflischer Reigen aus Täuschungen, Entdeckungen, Beschimpfungen, körperlichen Züchtigungen, Lügen und winzigen Fluchten. Leo versuchte, sich seine Freiheit zu erkämpfen, indem er immer häufiger behauptete, er habe keine Hausaufgaben zu erledigen oder sie seien bereits gemacht. Schlechte Noten zeigte er zu Hause erst gar nicht vor, Aufforderungen seines Klassenlehrers, die Eltern möchten doch einmal vorsprechen, gab er nicht weiter. Dass diese Verheimlichungen bald auffliegen mussten, war Leo zwar bewusst, dennoch konnte er es eine Zeit lang völlig verdrängen. Die Realität holte ihn – früher als erhofft – in Form eines heftig geschwungenen Teppichklopfers ein.

Erneut deckte Leo mit seiner Kinderhand die linke Spalte in seinem Lateinbuch ab und rekapitulierte: „amamus, amatis, amant … wir lieben, ihr liebt, sie lieben." Just in diesem Moment tobten draußen einige ehemalige Klassenkameraden aus der Volksschule vorbei, johlten auf ihren Fahrrädern und schrien, dass sie zum Schwimmen fahren würden, ob Leo mitkäme. Leo riss das Fenster auf und rief zurück, er müsse leider noch für die Schule lernen. Um sich selber aufzuwerten und um Eindruck zu schinden, setzte er hinzu: „Für Latein!" Da seine Spielgefährten mit diesem Wort nichts anzufangen vermochten, verpuffte die Angeberei völlig wirkungslos. Juchzend fuhr die Korona weiter und ließ einen traurig seufzenden Leo zurück, der jetzt mit seinem inneren Teufelchen kämpfen musste. Ihn erfasste eine übermächtige Sehnsucht, an diesem heißen Sommernachmittag ebenfalls zu schwimmen und an den einige Kilometer entfernten Fluss zu fahren. Eigentlich hatte er seiner Ansicht nach genug geübt und die sonstigen Schulaufgaben würden morgen vielleicht gar nicht abgefragt. Hin und wieder hatte Leo dabei Glück. Seine Mutter würde vermutlich erst abends wieder zu Hause sein, so dass sein Verschwinden unentdeckt bliebe. Alles in allem, meinte der kleine Teufel, sei doch die Gelegenheit so günstig wie selten. „Überredet!", murmelte Leo innerlich und schon verwandelte sich seine Traurigkeit in eine überschäumende Vorfreude auf das Badevergnügen.

Damit nichts auffiel und ihn keines seiner kleineren Geschwister verraten konnte, zog Leo die Badehose unter seiner kurzen Hose an und wickelte sich ein dunkelgrau kariertes Küchenhandtuch eng um den mageren Oberkörper, so dass es unter dem Hemd kaum auftrug. Er würde hungrig werden und mochte bei seinen Spielkameraden nicht betteln. Schnell schmierte er sich deshalb ein Butterbrot, das er mit Rübenkraut bestrich. Das würde bei der Hitze zwar eine klebrige Angelegenheit werden, ließ sich im Flusswasser aber wieder abspülen. Jetzt war nur noch das Transportproblem zu lösen. Wer kein Fahrrad hatte oder ausleihen konnte, wurde üblicherweise von anderen auf der Querstange des Herrenrades oder auf dem Gepäckträger mitgenommen. Ein Damenfahrrad zu benutzen wäre beschämend gewesen und hätte nur den Spott herausgefordert, ob man denn ein Mädchen sei. Nein, Jungen fuhren Herrenräder, selbst wenn sie dafür noch zu klein waren. Dann wurde eben mit dem rechten Bein unter der Querstange hindurch gestrampelt. Leider waren alle Fahrräder der Familie defekt. Bei dem eigenen war der Schlauch oder das Ventil undicht und das Flickzeug längst aufgebraucht. Ohnehin hätte bei seiner Ungeduld, endlich zum Fluss zu kommen, das Flicken mit der Wasserprobe viel zu lange gedauert. Somit blieb nur, ein Fahrrad bei der Nachbarin auszuleihen, einer sehr kinderfreundlichen Witwe, deren Milde stets von allen Rangen in der Straße schamlos ausgenutzt wurde. Auf seine treuherzig-bettelnde Anfrage, ob er ihr Rad mal ausleihen könne, die Kröte Damenfahrrad wollte er aus der Not heraus schlucken, bekam er zur Antwort: „Ja, nur für eine halbe Stunde, weil ich dann ins Dorf zum Einkaufen fahren muss!" Leos kleiner Teufel antwortete: „Dann bin ich lange wieder zurück!"

Das schlechte Gewissen hob sich Leo für den Abend auf. Momentan hatte er für Schuldgefühle keine Zeit. Je schneller er von dannen radeln konnte, desto geringer war die Gefahr, von was oder wem auch immer aufgehalten zu werden, und sei es nur von einem plötzlichen Misstrauen der Nachbarin, die schon viel zu häufig von den Kindern belogen worden war.

Die ermahnenden Worte der Frau, vorsichtig zu fahren und das Rad ja wieder heil zurückzubringen, hörte der Junge schon nicht mehr. Es war ein gutes Markenrad, eines von der Sorte, bei der der Rost das Gerät adelt, beweist sich doch dadurch eine jahrzehntelange Haltbarkeit über mindestens zwei Generationen. Es fuhr sich leicht und Leos Herz jubelte. Zwar konnte er den Sattel nicht erreichen, aber er war körperlich so fit, dass er auch längere Strecken im Stehen radeln konnte. Um möglichst schnell den Badeplatz zu erreichen, verließ er die asphaltierte Straße und schlug Feldwege ein. Vorbei am Friedhof, dessen Abfallhaufen die Kinder besonders in der vorweihnachtlichen Zeit gerne durchstöberten, um diese riesigen Tannenzapfen von den Sargkränzen zu finden. Die waren als „Friedhofsbeute" außerordentlich beliebt. Wer fündig wurde mit einem besonders schönen Exemplar, den beneideten die anderen, auch wenn die Neider behaupteten, an dem Tannenzapfen hafte Leichengift. Dann über den Bach, an dessen Ufern uralte Kopfweiden standen, die in herbstlichen Wiesennebeln wie verzerrte Gestalten mit übergroßen Augen und vor Entsetzen weit aufgerissenen Mündern wirken konnten. Unter den Kindern bestand eine Mutprobe darin, mit der bloßen Hand in die finsteren Höhlungen der Baumstämme hineinzugreifen, in denen Eulen, Bilche und Ratten vermutet wurden, also Getier, welches einen den Finger, wenn nicht gar die ganze Hand kosten konnte. Direkt dahinter ging es durch die kürzlich erbaute Flüchtlingssiedlung, die in der Mittagsglut wie ausgestorben lag. Selbst den Hunden war es zu heiß, den Schatten, in dem sie vor sich hin hechelten, wegen eines vergeblichen Gekläffs zu verlassen. Leo geriet ins Schwitzen, verringerte dennoch sein rasendes Tempo nicht. Zu groß war seine Befürchtung, beim Badespaß etwas zu versäumen. Er schwenkte nach rechts in einen ebenfalls unbefestigten Weg ein, in den die Karren und Pferdefuhrwerke tiefe Fahrrillen eingegraben hatten, die mit einer feinen, jedoch festgepressten Sandschicht ausgefüllt waren. Die Mitte des Weges bestand aus Grasbüscheln und aufgeworfener Erde. Die Kunst bestand darin, exakt die Spur zu halten. Denn jeder unbedachte Schlenker mit dem Lenker würde angesichts der äußerst schmalen Furche unweigerlich zu einem gnadenlosen Sturz führen. Leo fühlte sich gefordert. Die Geschwindigkeit zu drosseln, kam ihm nicht in den Sinn. Hätte er die Kondition gehabt, wäre er noch schneller gefahren. Es war ein fein ausbalanciertes Spiel der Kräfte. Die hohe Geschwindigkeit verlieh die notwendige Stabilität. Es kam darauf an, sehr feinfühlig zu lenken und dabei stur auf die Fahrspur zu starren. Die Räder sangen hohl auf dem Sand und begleiteten Leos Vorfreude mit ihrem summenden Lied. Seine Augen begannen vor lauter Konzentration zu brennen, denn bereits ein Wimpernschlag konnte das Verhängnis sein. Für die rechts und links vorbeifliegenden schlanken Säulenpappeln hatte er keinen einzigen Blick, auch interessierten ihn nicht die Bauern, die im milchigen Glast des Niederrheins auf den Wiesen das Heu wendeten oder schweißtreibend auf die Leiterwagen luden. Doch er sog den Duft des verdorrten Grases ein, diesen betäubenden Wohlgeruch, der sich mit dem Dunst einiger etwas weiter entfernt liegender Roggenfelder mischte. Mehr unbewusst liebte Leo diese Gerüche und diese Farben, die seine gesamte Kindheit bisher begleitet hatten, die ihm das eigentliche Heimatgefühl vermittelten. Noch in hohem Alter sollte er sich daran mit Wehmut erinnern.

Als er aus der Ferne Kindergeschrei und Jauchzen hörte, verdoppelte er seine Kraftanstrengung. Es war nicht mehr weit bis zum Fluss. Er überlegte schon, wie er das Fahrrad sichern sollte, damit ihm keiner ein Ventil herausschraubte oder es gar zum Spaß klaute. Außerdem durfte es nicht in der Sonne liegen, weil einige der Kameraden immer von durch Überhitzung geplatzten Reifen unkten. Leo verließ den Karrenweg und schwenkte seine Fahrt auf den Flussdeich. Hier ging es nur sehr langsam voran, denn der Deich war im Laufe vieler Jahrzehnte, oder waren es gar Jahrhunderte, vernachlässigt worden, durch Erosion sowie intensive Maulwurftätigkeit recht holprig und konnte stellenweise kaum noch befahren werden. Auch erzählte man sich, im letzten Krieg hätten einige Bomber der Engländer und Amerikaner ihre überzählige Fracht wahllos in der Gegend abgeworfen, wobei auch der Flussdeich und der Fluss selbst getroffen wurden. Für Letzteres waren die Kinder sehr dankbar, weil die angeblichen Bombentrichter nicht nur eine Verbreiterung des Flussbetts bewirkt hatten, sondern auch dessen Vertiefung. Der Deich war an diesen Stellen abgesackt, die Grasnarbe inzwischen fortgespült. Das erfreuliche Ergebnis der Bombardierungen waren schmale Sandbuchten aus hellem, feinem Sand, in dessen Sommerwärme man so herrlich seinen kleinen, nackten Körper kuscheln und panieren konnte.

Leo stuckerte mit dem Fahrrad die Deichkrone entlang. Nur noch wenige hundert Meter und er war angekommen. Im allgemeinen Trubel konnte er schon das Geschrei seiner Freunde unterscheiden. Unter einer riesigen Eiche standen ihre Fahrräder. Dort würde er auch seins hinstellen. So könnten sie gegenseitig Obacht geben. Das nahende Kreischen und die freudige Erwartung machten ihn schwindelig. Schnell warf er sein Fahrrad gegen die anderen, zog sich das Hemd, ohne es aufzuknöpfen, über den Kopf, schlüpfte aus den kurzen Hosen, klemmte beide Kleidungsstücke, das Handtuch mit dem in Papier eingeschlagenen Butterbrot und seine Sandalen unter den Gepäckträger, rannte sodann mit Indianergeheul den Deich hinab und warf sich ins Wasser.

Seine Kumpel begrüßten ihn mit Gejohle. Alle vergnügten sich mit mehr oder minder gelungenen Schwimmversuchen, mit Untertauchen, Wasserspritzen, Runterziehen von Badehosen und Schlammwürfen. Die etwas Älteren, die so zwischen 13 und 15 Jahre alt waren und sich durch verwegenere Spiele hervortaten, hatten eine Art Schanze aus Sand und Grassoden aufgetürmt, die unmittelbar vor dem Wasser endete. Sie rannten von dem Deich auf die Schanze, um mit großem Schwung und angezogenen Beinen Wasserbomben zu machen. Die Kleineren hingegen fürchteten die Bedrohung von oben und fühlten sich in ihrem Spielbereich eingeengt.

Als die Wasser- und Bombenschlachten zu einer allgemeinen Erschöpfung geführt hatten, warfen sich die Jungen in den warmen Sand und lagen dort eine Weile stumm und schniefend, aufgereiht wie eine Strecke totgeschossener Hasen. Faul dösten sie in der Sonne, räkelten sich und quatschten über Gott und die Welt, meist jedoch unausgegorenes Zeug mit kindlichem Geprahle. Leo fühlte, dass er durch den Wechsel zum Gymnasium in der nahegelegenen Kreisstadt den Kontakt zu den alten Klassenkameraden ein wenig verloren hatte. Seine schulischen Erlebnisse interessierten sie kaum, während ihre Berichte über seine alte Volksschule ihn nur wehmütig stimmten. Die wenigen Wochen seit seinem Wechsel hatten sehr schnell eine gewisse Entfremdung bewirkt. Er gehörte schon nicht mehr dazu. Die Tatsache, dass er eine „Höhere Schule" besuchte, also etwas Besseres sein könnte als die Dörfler, ließ seine alten Schulkameraden und Spielfreunde zurückhaltender sein. Leo überkam eine tiefe, hilflose Traurigkeit, da er diesen Verlust zwar spüren, aber nicht erklären oder gar deuten konnte. Er wollte nicht anders sein und wollte weiterhin dazugehören. Er ahnte jedoch, dass die alte, unbelastete Kumpanei unwiederbringlich verloren war.

Die heißen Sonnenstrahlen hatten die Lebensgeister wieder geweckt und zu Debatten geführt, was man weiter anstellen könnte. Die Älteren waren für Mädchen ärgern, von denen mittlerweile auch eine kleine Gruppe eingetrudelt war. Sie standen unschlüssig oben auf dem Deich und beratschlagten, wo und wie sie sich umziehen sollten. Sie wussten, angesichts dieser Jungenhorde, ein nicht so ganz ungefährliches Unterfangen. Denn einige ganz Mutige der inzwischen Pubertierenden trauten sich, an den unter locker umgehängten Bademänteln oder Badetüchern sich umziehenden Mädchen wie junge Stiere vorbeizurennen und die Säume hochzureißen. Der Rest der Meute lag in der tieferen Sandkuhle und versuchte, bei den Attacken mehr zu erspähen als nur ein Mädchenknie. Doch mehr als eine Pobacke wurde es nie. Das Gejohle der leicht brünstigen Jungen und das schrille Kreischen der Mädchen waren ohrenbetäubend. Dieses Spiel wiederholte sich zweimal. Beim An- und beim Ausziehen der Badeanzüge. Die Mädchen kannten das Ritual und genossen offenbar die Aufmerksamkeit und das sich anschließende Geplänkel im Wasser mit Spritzen und „Döppen", wie das Untertauchen genannt wurde. Die Schwimmpausen waren dann angefüllt mit harmlosen Anzüglichkeiten, die sich in Unterstellungen erschöpften, welche mit wem gehe oder wer welche angeblich liebe.

So verging der Nachmittag allmählich. Die Haut roch nach Sonne und muffigem Flusswasser, die Luft nach dem fauligen Gestank der Teichrosen, deren Stängel sich angeblich um die Beine des Schwimmers schlingen, um diesen unter Wasser zu ziehen. Auch der Sand hatte einen angenehmen Eigengeruch. Von der Viehweide gegenüber wehten die wohligen Ausdünstungen einer Kuhherde herüber, die sich hin und wieder im Wasser abkühlte oder es in langen, geräuschvollen Zügen trank. Ob badende Kühe der Wasserqualität möglicherweise abträglich waren, interessierte niemanden. Mit einsetzender Ermüdung wurden die Spiele ruhiger und das Herumgetobe hörte auf. Alle waren erschöpft. Jetzt begann die ruhigere Fischjagd. Durch den Badelärm waren die etwas größeren Tiere längst vertrieben worden. Außerdem waren diese wohl zu raffiniert, um sich durch eine primitive Fangmethode erwischen zu lassen. Denn die bestand lediglich darin, dass zwei Jungen ein Handtuch langsam durch das Wasser zogen, bis die Fischbrut aus einer kleinen Sandbucht nicht mehr entkommen und mit einem ruckartigen Hochreißen des Handtuchs eingefangen werden konnte. Irgendjemand hatte dann ein Einmachglas mitgebracht, in das die Fischlein eingesetzt und eine Weile bewundert wurden, bevor sie wieder ihre Freiheit erhielten.

Schleichend drängte sich bei Leo das schlechte Gewissen nach vorne. Seine Stimmung trübte sich ein. Er wusste, dass ihm am Abend ein schwerer Gang bevorstand. Die Nachbarin dürfte sich bereits bei seiner Mutter wegen der Fahrradlüge beschwert haben und diese würde nicht nur ahnen, sondern überzeugt sein, dass er wieder einmal seine schulischen Pflichten vernachlässigt hatte. Das würde zwangsläufig auf eine peinliche Kontrolle seiner Schultasche hinauslaufen, in der er, kindlich-einfältig wie er noch war, auch seine sonstigen Verfehlungen aufbewahrte. Der Tag würde nicht gut enden.

Leos Augen füllten sich mit Tränen. Noch einmal schwamm er ein paar Runden durch die Badebucht. Dann spielte er „Toter Mann" und betrachtete den sich langsam abendlich verfärbenden Himmel. Von der Viehweide schallten die lockenden Rufe der Knechte und Mägde herüber, die gekommen waren, um die Kühe zu melken.

Alles in allem, es war ein schöner Tag gewesen. Sein Ausbüxen hatte sich gelohnt. Für ein paar Stunden war er glücklich gewesen.

Der Fluss ist inzwischen begradigt. Seine Ufer bestehen aus korrekten Deichen, die über lange Strecken schnurgerade verlaufen. Teich- oder Seerosen sucht man in dem Fluss, der diesen Namen eigentlich nicht mehr verdient, vergebens. Er ist zu einem Kanal erniedrigt worden. Seinen fauligen Geruch hat er allerdings bewahrt.

Wo einst die Bombentrichter waren, verbindet heute eine moderne Spannbetonbrücke die beiden Ufer. Wo früher Pferdekarren in ihrer Sandspur knirschten, rasen jetzt Autos, die es eilig haben, zur nahen Autobahnauffahrt zu gelangen. Wo früher Vieh graste, das durch mit Kopfweiden gesäumte Gräben und durch windschiefe Weidezäune zusammengehalten wurde, ermüdet jetzt die Monotonie akkurater Maisfelder.

Leo, der immer noch ein gespanntes Verhältnis zum Latein hat, steht lange auf der Brücke und betrachtet den Fluss und die Landschaft. Das Toben und der Lärm der badenden Kinder werden in der Erinnerung wach. Ihm ist, als könne er sogar noch ihre Stimmen unterscheiden. Dort waren die Sandbuchten und dahinten die Bombentrichter. Das Wasser, das damals noch murmelnd und glucksend, quirlig strömte, fließt jetzt stumm und zweckmäßig dahin. Die stolzen Pappeln und alterskrummen Weiden sind verschwunden. Vermutlich störten sie bei der Flurbereinigung oder behinderten Erntemaschinen. Ob es in dem Wasser überhaupt noch Fische gibt? Was wohl aus den Spielkameraden geworden ist? Nur noch wenige Namen fallen ihm ein. Er hat sie alle, bis auf seinen damals engsten Freund, von dem er aber auch nur hin und wieder hörte und der vor wenigen Jahren verstarb, aus den Augen verloren.

Vandenwald

Am Niederrhein, in der Nähe der Kreisstadt W., dort, wo sich die Straßen von W. nach D. und von H. nach B. kreuzen, steht ein kleiner, scheinbar undurchdringlicher Wald. Mächtige Eichen, noch höher aufragende Buchen und zwei lange, parallel verlaufende Reihen gewaltiger, gewiss zweihundert Jahre alter Linden vermitteln mit einem nahezu geschlossenen Unterbewuchs, dem kreuz und quer liegenden Astbruch sowie den umgestürzten Faulstämmen den Eindruck einer grünen, uneinnehmbaren Festung. Verstärkt wird dieser Anschein durch ein umlaufendes, vor sich hin rottendes Zaungitter, das nur durch Buschwerk, dagegen kaum noch von einer lückenhaften Reihe Holzpfähle und vereinzelten, rostzerfressenen Eisenstangen gestützt wird und deshalb streckenweise daniederliegt. An mehreren Stellen sind Warntafeln in Form einer erhobenen Hand und mit dem Aufdruck „Privatgelände! Kein Zutritt!" angebracht, die vom Betreten des Waldes abhalten sollen. An trüben, regnerischen Tagen begegnet einem dieses Waldstück selbst in dem fröhlich stimmenden Zauber eines sich belaubenden Frühlings mit einer so starken Abwehr, dass jegliche Neugier, was in dem Wald oder dahinter liegen mag, von einem furchtsamen Frösteln erstickt wird.

Unweit dieses Wäldchens, welches von Viehweiden umgeben ist und das, so denn Wege vorhanden wären, ohne sonderliche Eile innerhalb einer halben Stunde umwandert werden könnte, erhebt sich ein nach Westen schauender, bewaldeter Höhenzug, vermutlich eine eiszeitliche Endmoräne. Wer die Niederrheinlandschaft kennt, darf bei der Bezeichnung „Höhe" nie die Maßstäbe des Mittelgebirges anlegen, sondern muss sich mit bescheidenen 30–40 Metern begnügen, was die dortigen Bewohner jedoch nicht daran hindert, bereits solche marginalen Erhebungen als Berge zu bezeichnen. Am Hang dieses Höhenrückens befindet sich nach wenigen Metern Aufstieg im grünen Dämmerlicht des Unterholzes zwischen verkrüppelten Hainbuchen und altehrwürdigen Kiefern eine rechteckige, alte Grabanlage, allenfalls sieben Schritte lang und vier Schritte breit, eingefasst von einer niedrigen Ziegelsteinmauer, die von einem schmiedeeisernen Zaun gekrönt wird. Eine kleine, ovale Platte aus Gusseisen erinnert an einen Ende des 18. Jahrhunderts verstorbenen Rittergutsbesitzer, der hier zusammen mit seiner Ehefrau, so hofft der Grabspruch, in Gott ruht. Die Größe der Anlage lässt vermuten, dass hier noch weitere Vorfahren der namentlich benannten Toten ruhen. Das Grab liegt verborgen abseits aller Wege und deshalb auch nahezu vergessen in einem wirren Gestrüpp aus Brombeerranken und Stechpalmen dieses schon seit ewigen Zeiten nicht mehr bewirtschafteten Waldes. Der heutigen Generation, selbst alteingesessenen Bauernfamilien, dürfte diese geheimnisvolle, für empfindsamere Gemüter sogar etwas unheimlich wirkende Ruhestätte vermutlich kaum noch bekannt sein.

Von hier aus kann man durch eine Baumschneise, die wie eine gewollte Sichtachse wirkt und die sich wundersamerweise in mehr als zwei Jahrhunderten nicht geschlossen hat, auf den vorerwähnten, nicht ganz einen Kilometer entfernten Wald hinabschauen und erkennt deutlich dessen rechteckige Form.

Heiter hingegen wirkt die umgebende, offene Landschaft mit ihrem fernen, im zarten Dunst nur verschwommen wahrnehmbaren Horizont. Sie hat einen sehr weitläufigen Charakter und dadurch etwas Befreiendes, was der Seele des Betrachters jegliche Beengtheit nimmt. Das abwechslungsreiche, großflächige Flickenmuster aus Viehweiden, Rüben-, Kartoffel- und Getreideäckern, die je nach Jahreszeit ein sehr stimmungsvolles Bild bieten können, sind typisch für die Kulturlandschaft des rechten Niederrheins, die dem akkuraten Zeichenstift eines Geographen entsprungen sein könnte. Wer meint, dieser Anblick sei eintönig, weil zu wenig dramatisch und mithin langweilig, der ist entweder nur ein sehr flüchtiger Beobachter oder verschließt sich und seine Sinne. Er lehne sich an einen Baumstamm oder setze sich auf einen Stein und lasse die Augen schweifen. Ruhig und gänzlich entspannt. Behäbige Bauernhöfe, nahezu jeder von uralten, eindrucksvollen Hausbäumen umstanden, gemächlich grasende Rinderherden und im sommerlichen Wind wogende Kornfelder besänftigen das Gemüt und machen empfänglich für die Weite, das milchige Sonnenlicht oder – bei weniger gutem Wetter – für das fesselnde Wolkengeschiebe der himmlischen Klimakämpfe. Wo Wasserläufe oder Gräben die Eigentumsrechte begrenzen, sind diese Absenkungen nicht selten von steinalten, greisenhaft wirkenden Kopfweiden gesäumt, die innen völlig hohl sind und die ihr Leben, vergeblich um Unsterblichkeit kämpfend, nur noch aus einem klaffenden, zerbrechlich wirkenden Rindengerippe schöpfen, aber dennoch zäh und knorrig jedem Sturm trotzen. Bizarr und zu fröhlichen Deutungen herausfordernd sind diese Weiden im Sonnenlicht, jedoch unheimlich, ja, furchterregend in den Nebeln des Herbstes oder der fahlen Abenddämmerung eines lebensfeindlichen Winters. Unterbrochen wird die flache Landschaft von kleinen Erhebungen, Gehölzinseln und größeren Waldstücken, aufgrund des vorwiegend sauren, sandigen Bodens überwiegend mit Eichen und Kiefern bestanden.

In dieser friedlichen Umgebung sollte sich eine Tragödie ereignen, die nie aufgeklärt wurde, aber deren Schlüssel ich vielleicht nur dann zu erahnen vermag, wenn ich mich den auch hier auftretenden dunklen Stimmungen hingebe.

Seit meine Mutter gestorben ist, besuche ich nur noch selten den Niederrhein und nächtige nach Möglichkeit bei bäuerlichen Verwandten. Die Entfernung ist einfach zu groß geworden – nicht nur in Kilometern, sondern auch infolge schmerzlicher Erinnerungen, die ich hinter mir lassen möchte. Gleichwohl ist mir die Umgebung des Dorfes, in dem ich meine Kindheit verbracht habe, trotz einer jahrzehntelangen Abwesenheit immer noch erstaunlich vertraut, so dass es im Fundus meines Gedächtnisses keiner tiefschürfenden Suche bedarf, um alte Pfade erneut zu gehen und die Geheimnisse der Kinderzeit wieder auferstehen zu lassen. Ihren Zauber haben sie ungeachtet der zurückliegenden Zeit nicht eingebüßt. Die Phantasie hat sie jung erhalten. Der bittere Preis für diese verklärt strahlenden Erinnerungen ist das Erwecken der vielen kleinen und großen traurigen Begebenheiten, an denen ich noch heute zu tragen habe.

Als ich im Sommer des Jahres 200... an einem frühen Nachmittag seit langem wieder einmal die Landstraße von W. nach D. befuhr, parkte kurz vor dem Stoppschild an der Kreuzung vor besagtem Wald ein schwerer Mercedes, der sein Heck arg weit und in meinen Augen verkehrsgefährdend in den Straßenraum ragen ließ. Ich rege mich immer sehr schnell auf und hielt an, um dem Fahrer empört meine Meinung zu sagen. Im Fahrzeug saß ein junges Ehepaar, das verzweifelt mit einer großen Straßenkarte kämpfte. Bevor ich meine Schimpfkanonade loswerden konnte, bat mich der Fahrer auf höflichste Weise um Hilfe. Er und seine Frau seien auf der Suche nach Sehenswürdigkeiten des Niederrheins und hätten den Tipp für ein sehr versteckt liegendes Wasserschloss erhalten, das aufgrund seiner ungewöhnlichen Bauweise eine Besonderheit sei. Es müsse, so lautete der Hinweis, hier in der Nähe liegen. Wir stiegen alle aus unseren Fahrzeugen und beugten uns über die Karte. Ich wusste sehr wohl, welches Gebäude mit der Beschreibung „Wasserschloss" gemeint war, denn wir standen unmittelbar vor dem Park, in dem sich diese historische Kostbarkeit verbarg. Trotzdem konnte ich mich nicht entschließen, das Ehepaar aufzuklären. „Ich komme aus dieser Gegend. Hier gibt es kein Wasserschloss!", beschied ich etwas kurz angebunden.

Als handele es sich um ein unheilvolles Stichwort, hatte sich das heitere Sommerwetter gewandelt. Der Himmel verfinsterte sich mit drohenden Wolkentürmen und die ersten schweren Regentropfen fielen wie ein mahnendes Klopfzeichen.

„Lassen Sie uns zusammen einen Kaffee trinken!", schlug ich etwas verbindlicher vor. „Hier ganz in der Nähe ist ein Hotel mit einem Restaurant. Dort kann ich Ihnen ganz andere, überaus lohnende Sehenswürdigkeiten nennen!"

Am Hotel angekommen, rauschten Sturzbäche aus pechschwarzen Wolken herab und wir erreichten nur ziemlich durchnässt den Eingang zum Restaurant. Da es aber warm war, konnten wir darüber lachen und es uns trotz feuchter Kleidung einigermaßen angenehm machen. Wir orderten Kaffee, stellten uns einander vor und plauderten über den Niederrhein und die Ausflugsziele des Ehepaares. Ich legte ihnen die Klosterkirche von Marienthal ans Herz, die Schlösser von Diersfordt und Ringenberg sowie im nahen Westfälischen Raesfeld und die Femeeiche in Erle, der ein Alter von etwa 1500 Jahren nachgesagt wird. Zudem gab ich ihnen den Tipp für zwei Herrenhäuser an der Bundestraße Nummer 70, kurz hinter Wesel in der Richtung Brünen. Alle Ziele wurden mit großer Begeisterung notiert und sollten auch angesteuert werden, obwohl sie den Zeitrahmen des Paares zu sprengen drohten. Der Nachmittag verging sehr schnell und auch meine Zeit drängte. Als ich mich verabschieden wollte, bat mich der Ehemann um einen kurzen Augenblick.

„Was ist mit dem Wasserschloss hier in der Nähe? Ich hatte den Eindruck, dass Ihnen meine Nachfrage sehr unangenehm war."

Ich setzte mich zögernd. War mir seine Neugier nur unangenehm? Hatte er nicht allein schon aus reiner Höflichkeit das Recht auf eine ausführliche Auskunft? Ich war unschlüssig und meine Zwiespältigkeit teilte sich in meinen fahrigen Bewegungen und durch zunehmende Nervosität mit. Aber warum sollte ich nicht wahrheitsgemäß antworten? Wenn er den Wirt fragen würde, bekäme er auch von diesem zumindest so viele Informationen, dass er das Gebäude mit ein wenig Mühe finden würde. Folglich war es sogar meine Pflicht, die beiden zu warnen.

Ich räusperte mich und bat um Verzeihung: „Ja, es gibt hier ein Bauwerk, das gemeinhin als Wasserschloss bezeichnet wird. Es ist allerdings kein Schloss und hat noch nicht einmal einen schlossähnlichen Charakter. Die Bezeichnung Herrenhaus oder Rittergut dürfte eher zutreffen. Das Anwesen, es liegt mitten in dem Waldstück, vor dem wir uns getroffen haben, trägt den alten Namen Vandenwald."

„Na, hören Sie!", rief leicht empört seine Ehefrau. „Warum haben Sie uns das denn nicht gleich gesagt? Und auch in Ihrer Aufzählung der hiesigen Sehenswürdigkeiten erwähnen Sie es nicht!"

Auch der Mann runzelte leicht verwundert die Stirn und murmelte etwas von einem verschenkten Nachmittag.

Ich hob beruhigend die Hände: „Ich werde Ihnen erzählen, warum ich die Lage des Hauses verschwiegen habe. Ich hoffe, dass Sie dann meine Gründe verstehen werden. Aber das, was Sie hören werden, entzieht sich, in Worte gefasst, dem nüchternen Verstand. Entweder gelingt es mir, Ihre Sinne zu wecken und mehr Ihre Gefühle anzusprechen, oder Sie werden meine Vorsicht nicht nachvollziehen können."

Da es dem Ehepaar ohnehin für eine Weiterfahrt zu spät war, das Unwetter machte keine Anstalten, seine Regengüsse und Sturmböen einzustellen, beschlossen wir, bei einer Flasche Wein meine Geschichte über das Rittergut Vandenwald zu hören. Nach einleitenden Belanglosigkeiten über das Woher und Wohin ihrer Reise, über Wetter und Straßenverhältnisse begann ich, zunächst sehr zögerlich und unentschlossen, wie viel ich erzählen sollte, über meine wohl schwerste Kindheitserinnerung zu berichten.

„Ich bin hier am Niederrhein in dem Dorf B. aufgewachsen. Auch wenn die hiesige Umgebung etliche Kilometer von diesem Dorf entfernt ist, gehörten die Höhenzüge und Wälder zum Gebiet meiner Streifzüge der Kinderzeit. Dort drüben", ich deutete mit der rechten Hand zum Fenster in die zunehmende Dunkelheit hinaus, „nur einen Steinwurf weit, liegt der Bauernhof, von dem mein Großvater stammt.

Nach der Schule und den hastig erledigten Hausaufgaben oder ganztägig in den Ferien erkundeten wir Kinder Kiesgruben, buddelten in den Schützengräben des Zweiten Weltkriegs, nicht selten fanden wir dort noch Waffen, Stahlhelme und Gasmasken, wir strolchten in Wäldern herum oder tobten in Hofscheunen. Kurzum: Wir waren Vagabunden. Nicht immer zur Freude der Bauern, weil wir oft auf sehr rabiate Weise Obst klauten, indem wir auf die Schnelle, um nicht erwischt zu werden, ganze mit Früchten behangene Zweige abrissen, oder in den Scheunen aus sorgsam aufgetürmten Strohballen Ritterburgen bauten. Auch stahlen wir gerne herumliegendes Alteisen, das wir dann dem Dorfschmied für ein paar Pfennige verkauften, die unverzüglich in Brause oder Himbeerdrops umgesetzt wurden. Es gab unter den Kindern des Dorfes zwar keine nennenswerte Rivalität, dennoch fühlte man sich bewaffnet deutlich besser und, vor allem, erwachsener. Die Waffen bestanden in einer Steinschleuder, hier Fletsche genannt, oder einem geschnitzten Stock, aber auch in Speeren aus den Stielen des Adlerfarns, dessen Giftigkeit uns unbekannt war. Auf der Suche nach Farnbeständen stromerten wir durch den Wald der Anhöhe, die Sie dahinten durch den Regenschleier gerade noch erkennen können. Dort befindet sich mitten im Wald eine Grabstelle, wo, vermutlich neben anderen, auch ein gegen Ende des 18. Jahrhunderts verstorbener Rittergutsbesitzer beerdigt wurde. So jedenfalls verkündet die dort angebrachte Grabtafel. Von dieser Stelle aus kann man durch eine Baumschneise und über eine Senke hinweg den Ihnen inzwischen bekannten Wald, vor dem wir uns vorhin getroffen haben, sehen."

„War Ihnen damals als Kind dieses einsame Grab im Wald denn nicht unheimlich?", fragte mein Gegenüber.

„Absolut nicht, es war ja lichter Tag", erwiderte ich. „Wir empfanden es im Gegenteil als ausgesprochen interessant und geheimnisvoll und spannen in dieser Atmosphäre wilde Vermutungen und Geistergeschichten. Denn unter der alten Bevölkerung dieser Gegend waren Spuk, Geisterglaube und Zweites Gesicht durchaus noch lebendig. Dennoch reagierten wir Kinder sehr unterschiedlich auf das Grab. Während die einen scheu und zurückhaltend Abstand hielten, sogar etwas andächtig dastanden, kletterten andere auf der Ruhestätte herum und versuchten auf ihrem Eisenzaun zu balancieren. Dabei verletzte sich bei einer früheren Gelegenheit ein Spielkamerad. Er riss sich die Haut in der Nähe der Wade auf, eine kleine, an sich unbedeutend aussehende Wunde. Sie sollte aber nie mehr heilen – die Ärzte des Ortes und der Kreisstadt waren ratlos. Das mag durchaus an den damals verfügbaren Medikamenten gelegen haben, denn außer Penizillin gab es keine anderen Antibiotika. Ich habe andere Zweifel. Was aus Erich, so hieß der Verletzte, geworden ist, entzieht sich meiner Kenntnis; er zog später weg von hier. Niemand hörte je wieder etwas von ihm. Damit ist er, wie will man es anders ausdrücken, verschollen."

„Und was hatte es mit dem Grab auf sich?", wollte die Frau wissen.

„Bitte haben Sie noch ein wenig Geduld, ich komme gleich dazu. Für mich ist dieses Gespräch die Reise in eine 60 Jahre zurückliegende Vergangenheit, die mir aus mehreren Gründen nicht ganz leicht fällt. Nicht alle Erinnerungen sind sofort präsent, so dass ich sie erst in mir suchen muss", antwortete ich. „Ich weiß aber noch, dass wir von dort oben, von dem Grab aus, zum ersten Mal in dem Wald gegenüber, den wir bis dahin noch nie betreten hatten, einen Schornstein sahen. Dort musste demnach ein Haus stehen. Warum wir, schon fast gefürchtete ‚Wiesnasen‘, diesen Wald bei unseren Streifzügen bisher ausgespart hatten, kann ich nicht mehr mit Bestimmtheit sagen. Vermutlich war er uns schon damals unheimlich. Denn auf den Höfen, insbesondere bei der großelterlichen Generation, hielt sich das nur geraunte Gerücht, in dem Wald ginge es nicht mit rechten Dingen zu. Zudem riefen wohl die Besitzverhältnisse in uns eine den Entdeckerdrang lähmende Ängstlichkeit hervor, gehörte das umliegende Gelände zu der Zeit doch einem als hart und kinderfeindlich verschrienen Gutsbesitzer, der häufig mit seinen angeblich sehr bissigen Jagdhunden durch seine Felder streifte. Aber jetzt, hier am Grab, fassten wir Mut. Wir, das waren, so meine ich mich zu erinnern, fünf oder sechs Buben im Alter von etwa zehn Jahren, griffen unsere Stöcke und machten uns auf den Weg.“

Ich hielt inne. Die Erinnerungen überschwemmten mich wie eine Woge dunklen Wassers. Ich musste einen leichten Anflug von Panik niederkämpfen. Die Stimmen meiner Spielkameraden wurden wach. Wieder roch ich den staubigen Harzgeruch des Waldes, dessen unbewegliche Stille sich bleischwer auf unsere Gemüter senkte. Die vermeintliche Tapferkeit war nur kindliche Angeberei; tatsächlich war uns sehr beklommen zumute. Dumpf brütend und völlig windstill lag die Landschaft unter der brennenden Sonne. Sie hatte auf einmal etwas Bedrohliches. Das, was sonst als milchiger Sommerschleier dem fernen Horizont sanfte Konturen verleiht, bekam jetzt einen grauen Zinnton, mit dem sich Gewitter ankündigen. Außer einigen entfernt brüllenden Kühen und dem einsamen Kläffen eines Hofhundes war nichts zu hören und weit und breit kein Mensch zu sehen. Je ängstlicher wir wurden, desto lauter stimmten wir unser Geschrei an. Unbewusst und im tiefsten Inneren furchtsam vertrieben wir so unbekannte Geister. Mit klopfenden Herzen näherten wir uns dem Wald, markige, anstachelnde Rufe ausstoßend, wild mit den Stöcken herumfuchtelnd.

„Das, was Sie heute als gut ausgebaute Straßen befahren haben", fuhr ich fort, „waren zu meiner Kinderzeit staubige Feldwege. Autoverkehr war in dieser Gegend so gut wie unbekannt. Hin und wieder rumpelte dort mal ein Pferdekarren entlang. Aber schon damals war der Wald eingezäunt, allerdings nur durch ein stark verrostetes Eisengitter mit Speerspitzen, das an einigen Stellen zusammengebrochen war. Eine breite Lücke, links und rechts von viereckigen Torsäulen aus Ziegelsteinen flankiert, offensichtlich das ursprüngliche Eingangstor, wurde von hohen Büschen nahezu verdeckt. Das war nur zu erkennen, wenn man unmittelbar davorstand. Jetzt erst bot sich ein Blick auf einen langen, hellen, stellenweise mit Falllaub bedeckten Sandweg, der beidseitig von riesigen Linden gesäumt war. Diese Allee wirkte auf uns tatsächlich einladend, ja, geradezu verführerisch: Tretet ein, ihr seid willkommen!

Die absolute Stille des Waldes, der modrige Wärme ausstrahlende Laubboden, das bewegungslose Geäst und die schlaff herabhängenden Blätter ließen auch uns verstummen. Mit zögerlichen Schritten, uns immer wieder umschauend betraten wir die Allee – stets gewärtig, das Knurren der Gutsbesitzerhunde zu hören oder von irgendeiner wilden Gestalt angebrüllt zu werden. Wir wären uns jedoch zu feige vorgekommen, jetzt umzukehren und stapften deshalb opferbereit weiter, unsere bänglich pochenden Hasenherzen im Zaum haltend.

Die Lindenallee endete an einer Holzbrücke, die über einen tiefen, etwa sechs Meter breiten Graben führte. Die Brücke, aus roh behauenen Eichenstämmen gefügt und mit Querbrettern belegt, war an vielen Stellen morsch, das Geländer wackelte bedrohlich. Auf der gegenüberliegenden Seite standen noch Reste von zwei aus Ziegelsteinen gemauerten Pylonen, die vermutlich schwere Ketten einer ehemaligen Hängebrücke getragen hatten. Wir überlegten, wegen des riskant wirkenden Übergangs lieber durch den scheinbar trocken gefallenen Graben zu klettern, der erste von zwei im Karree umlaufenden Wassergräben, mussten aber wegen des erschreckend tiefen Morastes davon Abstand nehmen. So blieb uns nur die Brücke, die wir vorsichtig tastend betraten und schließlich glücklich überquerten. Eine kurze Fortsetzung des Waldweges führte sodann zu einer weiteren Brücke, die im Gegensatz zur vorherigen aus großen Quadersteinen bestand. Sie überspannte einen noch breiteren Graben, der Wasser führte, das mit einem dichten Teppich aus Entengrütze, andere nennen es Wasserlinsen, bedeckt war.

Unsere Schritte wurden immer verhaltener, denn jetzt tauchten hinter wild wuchernden Buchenschösslingen, Holundergesträuch und Krüppelfichten ein Haus und ein Scheunengebäude auf. Alles offenbar unbewohnt, da die Dächer an mehreren Stellen eingebrochen waren und die schräg in ihren Angeln hängende, schwere Haustüre offen stand. Die zerstörten Fenster wirkten wie dunkle, gähnende Höhlen, im letzten Schrei erstarrte, weit aufgerissene Münder. Kletterwein, Efeu sowie andere Schlinggewächse hatten sich bereits großflächig der Wände bemächtigt und hingen, Trauerschleiern gleichend, von den Dachrinnen herab. Die Hoffläche war überwuchert von einem nahezu undurchdringlichen Gewirr aus meterlangen Brombeertrieben, mannshohen Brennnesseln, durchwebt mit Ackerwinden und anderen Unkräutern. Nur mit Hilfe unserer Stöcke, die wir wie Sensen schwangen, gelangten wir zum Eingang. Lange zögerten wir, einzutreten. Keiner hatte den Mut, als Erster die ausgetretene Sandsteinschwelle zu überqueren und die Dämmerung im Inneren zu erkunden. Wir zählten flüsternd die zu erwartenden Gefahren auf: herabstürzende Balken, Glasscherben, Landstreicher, Dachse und Marder oder gar Wildschweine."

„Mir wäre es auch gruselig gewesen", schauderte die Ehefrau. „Was war das aber nun für ein Gebäude?"

„Nicht leicht zu beschreiben", war meine etwas stockende Antwort. „Wie soll ich den Eindruck wiedergeben? Ich kann ihn nur mit meinem heutigen Erkenntnisstand schildern. Das Haus war nicht groß. Etwa 25 Meter lang und 20 Meter breit. Erdgeschoss und 1. Stock, ob mit einem Keller, war nicht erkennbar. Walmdach. Fachwerk, ausgefacht mit den für die hiesige Gegend damals typischen, handgestrichenen Ziegelsteinen, die, die Vertikale unterbrechend und damit verzierend, in umlaufenden Bändern, schräg liegend vermauert worden waren. Die am Ende des Grundstücks stehende Scheune war ähnlich aufwendig gebaut, allerdings niedriger und langgestreckter. Die Ursprünge des Anwesens sollen im 13. Jahrhundert liegen. Die Gebäude sind jedoch allesamt jüngeren Datums. Ich würde vermuten, in etwa aus dem 18. Jahrhundert."

„Und was haben Sie und Ihre Spielkameraden dann unternommen?"

„Je nun, wir waren unschlüssig. Sollten wir reingehen oder nicht? Der Mutigste, ich war es nicht, steckte den Kopf in die finstere Türöffnung und ging sogar ein paar Schritte weiter. Aufgeregt rief er, wir sollten nachkommen, dort sei es wunderschön. Wir betraten eine auf uns Kinder recht groß wirkende Halle, die an der Stirnseite von einem riesigen, offenen Kamin beherrscht wurde. Der pultdachförmig gemauerte Rauchfang, mit einem erhabenen Wappen geschmückt, ruhte auf einem mächtigen Eichenbalken, den Alter und Ruß schwarz gefärbt hatten und der links und rechts von mit kleinen Atlanten verzierten Basaltsteinkonsolen gestützt wurde.

Das eigentliche Wunder aber war der Fußboden. Dieser war in einem großflächigen, floralen Muster mit Kieselsteinen ausgelegt, die mit ihren unterschiedlichen Farben die Figuren und Ornamente akzentuierten. Wir wanderten andächtig im Kreis um die Fläche herum und versuchten, im fahlen, grünlichen Licht, das sich durch eine von Efeuranken verschattete Fensteröffnung quälte, die Inschrift zu entziffern, was uns leider nicht gelang, da es Latein war. Links vom Eingang, in einer Nische mit einem weiteren Kamin, befand sich ein großer aus Feldsteinen gemauerter Herd, über dessen Feuerstelle, eingelassen im schwarzen Schlund des Schlotes, der mächtige Kesselhaken hing, in den früher die schweren Eisentöpfe eingehängt wurden. Sonst jedoch war der Raum leer, bis auf ein paar Blechtöpfe und mehrere zerbrochene, hochlehnige Stühle. Offenbar hatten hier von Zeit zu Zeit Landstreicher, Hökerer oder sonstige zwielichtige Gestalten, häufige Erscheinungen in den Nachkriegswirren, genächtigt.

In den oberen Teil des Hauses führte eine Holztreppe, die aber fast völlig zusammengebrochen war, so dass uns der Zugang nach oben zu gefährlich erschien. Auch ließen die morschen Bodenbretter, die zwischen den eichenen Deckenbalken zum Teil durchgebrochen herunterhingen, die Begehbarkeit des Stockwerks fraglich erscheinen.

Beklommen drängten wir wieder nach draußen ins warme Sonnenlicht."

Der Ehemann beugte sich vor und stützte seine Unterarme auf die Knie: „Das klingt doch alles recht gut und harmlos", bemerkte er. „Ich vermag deshalb immer noch nicht einzusehen, was der Grund für Ihr Zögern vorhin am Wald war und warum Sie sich so schwer tun, uns die Geschichte dieses Hauses zu erzählen."

Ich nickte. „Ich kann Sie gut verstehen. Aber verstehen Sie bitte auch mich. Es gibt Erinnerungen oder sind es eher Ahnungen? ...", ich wedelte mit der Hand.

„Lassen Sie es mich neu versuchen: Es gibt Erlebnisse, Vorkommnisse, die sich dem Verstand und unseren vermeintlichen Erkenntnissen entziehen. Sie scheinen jenseits jeglicher Vernunft. Wir wissen um sie, wir fühlen oder erahnen sie, sind aber selten bereit, sie öffentlich einzugestehen. Sie sind Bestandteil unseres Unterbewussten. Es umgibt sie der verschleiernde Zauber des Ungewissen, des Nebulösen, auch haben sie teil an unserer Angst, dem Unentrinnbaren ausgeliefert zu sein. Es ist das Reich der dunklen Gefühlswelt, die keines Beweises bedarf. Sobald ich aber diese Dinge an die Oberfläche hole und sie sogar in Worte kleide, seien diese erzählt oder geschrieben, werden sie der Kontrolle unseres Verstandes, unserer Schulweisheit überantwortet und der rationalen Kritik preisgegeben. Ich darf es mit nächtlichen, im Halbschlaf auftretenden Ängsten vergleichen, die sich bei Tageslicht auflösen, jedoch nicht wirklich, sondern nur scheinbar. Denn die Ängste sind nicht ja nicht weg, sie haben sich lediglich in unsere hintersten Gefühlsecken zurückgezogen, weil sie sich in der Helligkeit des Tages oder der Vernunft nur schlecht behaupten können."

„Was also ist passiert?", wollte die Frau wissen.

„Ich will es Ihnen erzählen, bitte Sie aber, alles so hinzunehmen, wie Sie es von mir hören, ohne mit mir zu debattieren, wie Sie sich dieses und jenes plausibel machen und was Ihrer Meinung nach Hirngespinste sein dürften. Ich kann Ihnen keine Erklärung liefern, ich kann und will nur berichten. Schlüsse müssen Sie für sich selber ziehen. Doch behalten Sie diese bitte für sich."

Beide schauten sich etwas irritiert an, nickten dann aber stumm.

„Wir gingen also nach draußen", berichtete ich weiter, „und atmeten erst einmal tief durch. Nicht nur die Finsterkeit des Hauses und der Modergeruch hatten uns verstummen lassen, sondern auch das unbestimmte Gefühl, in eine verbotene Zone eingetreten zu sein und einen Dämmerzustand nicht ungestraft gestört zu haben. Das Sonnenlicht weckte schnell unsere Lebensgeister und besänftigte unser schlechtes Gewissen. Einer meinte, sich an Äußerungen seiner Großmutter erinnern zu können, wonach es unter dem Gebäude ein Verließ geben solle, in dem der damalige Ritter Gefangene habe verhungern lassen. Doch davon wollten wir, immer noch besetzt von unserer Ängstlichkeit, nichts weiter hören. Stattdessen umrundeten wir mit kindlichem Gelärm, die Stöcke durch das Unkraut peitschend, das Haus, um irgendetwas zu finden, was als Trophäe oder etwas Verwertbares herhalten konnte.

Einer der Spielkameraden, er hieß Heinrich, der zuvor noch recht unbekümmert mit uns herumgetollt war, stand auf einmal blass und zitternd an der Hausecke und schaute mit weit aufgerissenen Augen in die Ferne. Auf meine Frage, was ihn denn so erschrecke, murmelte er stockend: ‚Leo, dort hinten … das Grab im Wald.' Ich bekenne, auch heute noch mit Schuldgefühlen, dass uns und insbesondere mir Heinrichs eigenartige Anwandlungen völlig gleichgültig waren, ja, gar nicht richtig wahrgenommen wurden. Waren wir doch mit frisch erwachtem Forscherdrang höchst angespannt auf der Pirsch nach brauchbar erscheinenden Gegenständen – wenig leise und mit ständigen Zurufen.

Erst als wir müde wurden und unsere Suche ergebnislos abbrachen, die Scheune hatte auch nichts hergegeben, da in ihr nur uraltes, verrottetes Ackergerät herumstand, und wir uns an der Steinbrücke sammelten, wurde bemerkt, dass Heinrich fehlte. Wir warteten eine Weile und riefen dann laut seinen Namen. Keine Antwort. Es wurde noch ein wenig herumgealbert, aber recht bald begaben wir uns auf die Suche. Ihm hätte ja im Haus oder irgendwo auf dem unübersichtlichen Grundstück etwas zugestoßen sein können. Noch fröhlich schreiend durchkämmten wir das Gelände und näherten uns danach erst dem Haus. Zwei der Mutigsten betraten das finstere Gebäude und wagten sich sogar die morsche Treppe hinauf, um einen Blick in das obere Stockwerk zu werfen. Da jedoch auf den mit einer dicken Staubschicht bedeckten Bodendielen keine Fußspuren zu erkennen waren, verzichteten sie auf weitere Erkundungen in diesem stark baufälligen Bereich.

Wir waren ratlos. Es erschien uns unwahrscheinlich, dass Heinrich den langen Weg nach Hause alleine gegangen war, ohne uns Bescheid zu sagen. Warum sollte er auch? Eine Zeit lang warteten wir noch, ständig seinen Namen rufend, um dann doch heimwärts zu gehen."

„War Heinrich bereits zu Hause?", wollte die Ehefrau wissen.

„Nein, dort war er auch nicht!", erzählte ich weiter. „Als es Abend wurde, benachrichtigten seine Eltern die Polizei. Seinerzeit war man noch nicht so fürsorglich oder ängstlich wie heute und vertröstete auf eine Suche am nächsten Tag. Die Herrenhausruine und der Wald sowie alle Scheunengebäude der im Umkreis liegenden Gehöfte wurden sehr sorgfältig durchkämmt. Ergebnislos. Auch nicht der kleinste Hinweis gab einen Anhaltspunkt für Heinrichs mysteriöses Verschwinden.

Als ich ihr von Heinrichs letzten Worten berichtete, murmelte meine damals 90-jährige Großtante, sie lebte dort drüben auf dem Hof meiner Vorfahren, beschwörende Bemerkungen, bekreuzigte sich, streute ein paar Kräuter auf die heiße Herdplatte und begann, zu beten. Ihre Zaubersprüche und ihre angeblich sehende Kraft – ,Sie hat das Zweite Gesicht', war mein Großvater überzeugt – standen in einem etwas eigenartigen Gegensatz zu ihrem sonntäglichen Kirchgang und zum ,Neukirchener Kalender', der an gut sichtbarer Stelle in der Küche hing und täglich die Bibel zitierte. Meine Mutter hielt wenig von ihrer ,Spökekiekerei', aber wir Kinder hörten ihr mit offenen Mündern, mit Gänsehaut und gesträubten Haaren voller Angstlust zu, wenn sie uns, vorzugsweise an Winterabenden, von Geistern, Tod und Verderben erzählte.

Wir Spielkameraden waren sehr bedrückt. Das Leid von Heinrichs Eltern, die pausenlosen Verhöre seitens der Polizei, das inzwischen in Misstrauen umgeschlagene Befragen durch die eigenen Eltern und die unterschwelligen, von uns Kindern mehr erahnten Verdächtigungen durch die Dorfgemeinschaft – all das belastete uns und vergällte diese Zeit unserer Kindheit."

„Schwer zu ertragen", bestätigte der Ehemann. „Und wie ging es dann weiter, wie erging es Ihnen?"

„Kinder können aus Gründen des Überlebens sehr gut verdrängen und so trat dieser fürchterliche Vorfall im Laufe der nächsten Monate immer mehr in den Hintergrund und wurde im Dorf bald zu einer traurigen Anekdote. Erst zwei Jahre später wurde die Ungewissheit zur entsetzlichen Wirklichkeit. Wieder waren es herumstrolchende Kinder, die innerhalb des ummauerten Waldgrabes ein Skelett fanden. Sehr schnell erwies sich anhand von Stoffresten und einer verheilten Unterarmfraktur, dass es sich um Heinrich handeln musste. Die Todesursache konnte nicht mehr festgestellt werden. Verletzungen am Skelett gab es nicht, außer Nagespuren von Waldtieren. Man war ratlos und die mystischen Sprüche der alten Frauen fielen auf einen fruchtbaren Gerüchteboden.

Die Bevölkerung mied jetzt das Rittergut und den es verbergenden Wald noch mehr als schon zuvor. ,Vandenwald' wurde zu einem Unwort. Ich selbst verließ ein paar Jahre später die Gegend und verbrachte meine Jugendzeit an einem neuen Wohnort."

„Was wurde denn nun aus dem Haus?", fragte das Ehepaar.

„Oh, erstaunlicherweise wurden Haus und Wald 20 Jahre später von zwei Brüdern gekauft, die mit viel Aufwand und Hilfe der Denkmalschutzbehörde das kleine Rittergut in seinen ursprünglichen kulturhistorischen Zustand zurückverwandelt haben. Die Ausbesserungen an Mauerwerk und Gebälk erfolgten mit großer Sensibilität durch Baumaterial aus dem Abriss uralter Scheunengebäude, um jeglichen Eindruck von Erneuerung zu vermeiden. Es war wie eine Wiedergeburt, die diskret hinter Bäumen und damit weitgehend im Verborgenen stattfand. Man hätte meinen können, dieses bauliche Kleinod würde jetzt der Allgemeinheit zugänglich gemacht, um, identitätsstiftend, in der örtlichen Bevölkerung eine Art Besitzerstolz zu entfachen, was so etwas wie eine gemeinschaftliche Verantwortung oder Patenschaft für den Erhalt hervorgerufen hätte. Aber weit gefehlt. Wald und Herrenhaus wurden abgeschottet, ein Betreten des Geländes strikt untersagt und Besichtigungswünsche barsch abgelehnt. Damit verfestigten sich die Vorbehalte in der Dorfgemeinschaft erneut. Vandenwald fiel somit noch stärker einer gewollten Nichtbeachtung und damit dem erneuten Vergessen anheim. Wenn Sie heute einen Bauern nach dem Gut fragen, werden Sie deshalb nur ein Schulterzucken ernten. Eine Auskunft dürften Sie wohl kaum bekommen.

Über den weiteren Verlauf kann ich indessen nur vom Hörensagen berichten. Danach soll das Anwesen wieder in den vorherigen, verwilderten Zustand zurückgefallen sein. Der Wald wird nicht mehr gepflegt und die Lindenallee ist inzwischen wohl unpassierbar. Das Herrenhaus ist allem Anschein nach nicht mehr bewohnt. Zumindest gibt es dafür keinerlei Anzeichen. Ob die beiden Eigentümer noch leben, weiß niemand genau. Sie hatten sich im Laufe der Jahre derart gründlich mit ihrer Nachbarschaft und den Behörden zerstritten, dass sich keiner mehr verantwortlich fühlte oder gar kümmerte. Das alles kam den Einheimischen bei ihrer sehr tief sitzenden Abneigung gegen das Gut sehr entgegen, so dass dessen Existenz schlicht und einfach aus dem Bewusstsein der Bauern ausgeblendet wurde."

„Jetzt erst recht!", jubelte der Ehemann. „Bei so einem spannenden Hintergrund bin ich ganz begierig, das Grundstück zu besichtigen. Notfalls auf eigene Faust. Wir nehmen für die alten Herren vorsorglich eine Flasche Rotwein mit und dürfen dann vielleicht sogar ins Haus!"

Ich wollte meine Zweifel und unguten Gefühle nicht erneut zur Diskussion stellen und behielt sie deshalb für mich. Andererseits reizte es mich selbst, noch einmal einen Blick auf den Wald und das Haus zu werfen.

„Was Sie tun wollen, liegt allein in Ihrer Verantwortung", schaltete ich mich in die etwas erregte Debatte zwischen den Eheleuten ein, die sich noch uneins waren, ob sie die Besichtigung wagen sollten. „Ich bin gerne bereit, Sie in den Wald zu führen bis auf Sichtweite zum Haus. Weiter allerdings nicht. Sie dürfen gerne über meine Ängstlichkeit spotten, aber sie stammt aus dem Erlebten. Ich schlage vor, dass wir uns morgen Vormittag um elf Uhr an der Straße vor dem Wald treffen. Sie können dort auf einem kleinen Feldweg ihren Wagen parken. Ich zeige Ihnen dann die Wege, verlasse Sie aber, sobald das Haus sichtbar wird."

„Danke, wir wissen Ihre Hilfe sehr zu schätzen", freute sich die Ehefrau. „Das gibt mir doch mehr Sicherheit als der Pfadfinderoptimismus meines Ehemanns. Also abgemacht: morgen um elf Uhr."

Ich verbrachte eine unruhige Nacht und wälzte mich in meinem Bett hin und her. Alte Ängste kamen in mir hoch und quälten mich in meinen Träumen. Ich hörte Heinrich rufen und stapfte durch das Unterholz zum Grab im Wald. Ich sah mich wieder misstrauischen Verhören ausgesetzt, von sich zu Fußangeln schlingenden Brombeerranken am Entkommen gehindert, und war unter den Trauernden auf dem Friedhof bei der Beerdigung unseres Freundes. Die Ahne hob abwehrend die Hand, murmelte Beschwörungen und warnte mit unverständlichen Worten. Schweißgebadet wachte ich auf.

Der Morgen war wunderbar warm und sonnig. Pünktlich um elf Uhr trafen wir uns auf dem Feldweg. Das Ehepaar war in ausgelassener Stimmung, nur ich fühlte mich elend. Auf etwas verschlungenen Pfaden, die ich noch gut in Erinnerung hatte, betraten wir den Wald, der sich durch Dickichte aus Totholz und ungelichtetem Unterholz unnahbar zeigte. Die Konturen der Lindenallee waren nur noch zu erahnen. Die erste Brücke, wieder aus Holz instand gesetzt, war zwar angefault aber durchaus stabil. Der Graben, den sie überspannte, führte immer noch kein Wasser. Der zweite Wassergraben hingegen war gefüllt und wie damals grün bewachsen. Das Herrenhaus wirkte intakt, der Hof allerdings war ähnlich verwildert wie ehedem.

Mich schauderte. Ich wandte mich ab, verabschiedete mich von dem Ehepaar und wünschte ihnen viel Erfolg.

Erst drei Jahre später war ich erneut in B. zu Besuch, um Freunde von einst zu treffen, Erinnerungen aufzufrischen und alte Familienbande zu beleben. Ich übernachtete dieses Mal im selben Hotel, in dem ich damals mit dem Ehepaar eine Flasche Wein geleert hatte. Ich fragte den Wirt, ob er von den beiden noch einmal etwas gehört habe.

„Seltsam und höchst mysteriös", antwortete der Wirt. „Die haben hier übernachtet und nicht einmal ihre Rechnung bezahlt. Sie waren plötzlich verschwunden, obwohl sie sich zum Mittagessen angesagt hatten. Man fand ihr Auto auf einem Feldweg vor dem Wald vom Rittergut. Die Polizei hatte eine große Suchaktion gestartet, aber nichts gefunden."

Angst, Grauen und Trauer waren die Gefühlsstürme dieser Nacht. Ich hatte Schuld auf mich geladen. Hätte ich doch meine Kenntnisse über Vandenwald verschwiegen! Ich fühlte mich verpflichtet, die Polizei zu unterrichten, zumal ich ahnte, nein, ich mir sogar sicher war, wo nach den Vermissten gesucht werden müsse. Am folgenden Tag ging ich zur Polizei. Meine Vermutung bestätigte sich.

Venezianische Rache

Zuerst nahm er das unruhige Glitzern wahr. Es irritierte seine Augen, schmerzte sogar, wenn ein Lichtstrahl direkt in sie hineinfiel. Und dann hörte er Musik. Walzerklänge, die sehr beschwingt waren. Gedankenfetzen taumelten durch sein Gehirn. Er konnte sie nicht ordnen. Immer wenn er hinter ihnen herrannte, um ihre Bedeutung zu erfassen, schob sich gleichsam eine Nebelwand davor, und das eben Gedachte verbarg sich unerkannt im Dunst träge wabernder, nur schemenhafter Erinnerungen. Er fühlte sich unsäglich müde und wollte eigentlich nicht mehr denken. Sein Kopf verlangte nach Ruhe, nach erlösendem Schlaf. Doch die Ruhe wollte sich nicht einstellen. Eine nicht greifbare Angst lauerte im Untergrund, tauchte kurz auf, um sich bemerkbar zu machen, tauchte dann aber wieder in den Tiefen seines Gedankenwirrwarrs unter.

Ein Bild formte sich. Die Konturen eines vertrauten Gesichts. Es sprach zu ihm, er vernahm jedoch keine Stimme, sah nur die Bewegungen des Mundes und die entsetzten, weit aufgerissenen Augen. Erneut brach die Angst mit großer Brutalität aus dem Hinterhalt hervor. Verzweifelt wollte er dem Gesicht zurufen, es solle lauter sprechen. Abermals verschwammen seine Gedanken, als seien sie von der großen Anstrengung des Erinnerns erschöpft.

Als er erneut aufwachte, war seine Stimmung heiterer. Ein sonniger und warmer Spätherbsttag lebte auf. Es war ein Sonntag, denn er hatte Schwierigkeiten, einige Lebensmittel einzukaufen. Er wusste aber von einem Supermarkt am *Fondamenta Zattere*, der auch sonntags geöffnet hat. Mit einem angenehmen, lässigen Spaziergang schlenderte er durch die Gassen und über die Kanäle. Nach einer kurzen Überlegung, ob er irgendwo einkehren solle, um einen *Ombra*, dieses kleine, stimulierende Gläschen Wein, zu sich zu nehmen, entschied er sich jedoch zunächst für den Einkauf.

Vor Schmerz entfuhr ihm ein empörter Ausruf. Ein Einkaufswagen war ihm mit Wucht in die Fersen gerammt worden. Die junge Frau, nicht sonderlich hübsch, aber sehr gepflegt, entschuldigte sich wortreich und gab sich völlig verzweifelt. Er empfand ihr Schuldbewusstsein als so anrührend, dass seine aufwallende Wut augenblicklich in sich zusammenfiel. Er beruhigte und tröstete sie mit der wahrheitswidrigen Behauptung, es habe ihm überhaupt nicht wehgetan, er sei nur erschrocken gewesen (erst zu Hause versorgte er die beiden blutigen Fersen). „Darf ich Sie zu einem *Ombra* einladen?", war seine, einem spontanen Sympathiegefühl entspringende Frage. Sie antwortete mit tiefem Erröten und einem kleinen, tapferen Nicken. Es blieb nicht bei diesem Versöhnungsglas. Sie trafen sich so oft, wie es ihre Angst vor dem rasend eifersüchtigen und gewaltbereiten Ehemann zuließ.

Ein weiteres Mal versank er in seinen halluzinierenden Gedanken. Er sah erbärmliche Hotelzimmer, in denen der abgelegte Schmuck und die teure Kleidung seiner Geliebten geradezu anstößig wirkten. Fragmentarisches Erinnern an Streitgespräche vor und nach dem Liebesakt. Forderungen nach Trennung. Dieses brutale Entwederoder. Liebesschwüre. Ihre Panikattacken, der Ehemann könne ihre Liebe auf brutale Weise beenden. „Was er besitzen will, aber nicht kann, soll auch niemand anderem gehören. Lieber zerstört er es!", hallte es in ihm wider.

Verzweifelt bemühte er sich, freundlichere Bilder wachzurufen, konnte indes die Kraft nicht aufbringen. Die Orchesterklänge drängten sich wieder vor. Er hielt die Frau in den Armen. Ihr Abendkleid raschelte bei jeder ausholenden Bewegung im Walzerrhythmus. Sich unaufhörlich drehend, hatten sie nur noch Augen füreinander. „Wo haben Sie meine Frau kennengelernt?", ertönte eine tiefe, kultivierte Stimme. „Ich freue mich, sie so glücklich an Ihrer Seite zu sehen. Danke, dass Sie bei diesem kleinen Fest mein Gast sind." Das drehende Gefühl blieb, seine Erinnerung dagegen zeigte ihm jetzt die nackte Gestalt seiner Geliebten. Die Musik hatte aufgehört zu spielen. „Kommen Sie doch bitte mit mir in die Bibliothek", bat er mit einer äußerst höflichen Geste, „Ich habe dort einen uralten Cognac." Welch köstlicher Geschmack.

Warum spürte er seinen Körper nicht mehr, und woher kamen diese unentwegten Lichtreflexe? Er versuchte, die Lichter zu erkennen. Sie verschwammen vor seinen schlaftrunkenen Augen. Als er sich unter großer Anstrengung den Befehl gab, einen Arm zu heben, geschah nichts. Stattdessen roch er Feuchtigkeit – faul dünstende, salzige Nässe. Und jetzt erst, wacher, vernahm er das Glucksen und Schmatzen von Wasser. „Reiß die Augen auf!", herrschte er sich an, und das im Hintergrund hechelnde Grauen sprang ihn mit voller Wucht an. Er lag auf den zu einem Palazzo führenden Stufen bis zu den Schultern im Wasser, und die Wellen des Kanals schwappten gegen seinen Hals. Ein innerer Schrei: „Du musst raus aus dem Wasser!" Doch er konnte sich nicht rühren. War er gefesselt? Er spürte weder Stricke noch Ketten, auch hatte er keinerlei Kältegefühl. Er war kopfabwärts gelähmt. Das Getränk, schoss es ihm durch den Kopf. „Schrei, schrei, so laut du kannst!", befahl sein Überlebenswille – außer einem Röcheln drang kein Laut aus seinem Mund. Auf einem vorbeituckernden Frachtkahn hörte die Besatzung das

Gekrächze nicht und der Schein der Bordlampen, wie auch das Licht der gegenüberliegenden Straßenbeleuchtung, deren Reflexe auf den Wasserwellen ihn so irritiert hatten, reichte nicht bis zu seinem dahingestreckten Körper.

„Es muss bereits früher Morgen sein", sagte er sich. Noch war es sehr dunkel, aber die Frachten wurden bereits ausgeliefert. Aus dem regen Schiffsverkehr schloss er auf den *Canal Grande*. Hoffnung keimte in ihm auf. „Wenn der Tag anbricht, werden sie mich sehen und retten." An die Flut, die an diesem Morgen gegen sechs Uhr ihren Höchststand erreichen und den Wasserspiegel um etwa 70 Zentimeter ansteigen lassen würde, dachte er in diesem Moment nicht.

Allmählich schien die Starre aus seinem Körper zu weichen. Dennoch ließ die Wasserkälte seine Glieder weiterhin empfindungslos sein. Lediglich den Kopf konnte er ein wenig bewegen. Auf sein Gesicht tropfte Feuchtigkeit. Er musste blinzeln. Eine zähe Flüssigkeit verklebte seine Augen und bereitete ihm Schwierigkeiten, die Wimpern zu lösen. Erneut fielen Tropfen herab und brannten in seinen Augen. Mühsam riss er sie auf und konzentrierte seinen Blick auf den Schatten des sich über ihn wölbenden Torbogens. Bizarre Steinfratzen von figürlichen Säulenverzierungen grinsten ihn höhnisch an. Die nur schwach erkennbaren Konturen im noch finsteren Scheitelpunkt des Portals konnte er sich nicht erklären. Erschöpft schloss er seine Augen. „Du musst Kräfte sammeln!", ermunterte er sich. „Alles wird gut werden!" Er atmete flach, aber regelmäßig. Hin und wieder tat er einen tieferen Atemzug, der seinen Kopf etwas klarer denken ließ. Das brackige Wasser umspülte inzwischen sein Kinn.

Zögerlich wich die Nacht. Und wieder riss er die Augen auf und drehte den Blick nach oben. Das Grauen ließ seinen

Atem stocken. Sein Herzschlag stolperte. Über ihm hing der nackte Körper seiner Geliebten. Aus langen Schnitten an Unterarmen und Oberschenkeln tropften Reste ihres Blutes auf ihn herab. Schreie drängten aus seinem Innersten nach oben und versuchten, sich aus seiner Brust zu lösen, gingen aber in einem Gurgeln unter.

Auf der *Piazza San Marco* quoll mit Beginn der Morgendämmerung die Flut aus der Kanalisation und überschwemmte größere Areale.

Der Anzug

Diese Geschichte ist wahr. Ich, Leo, könnte sie sogar be-
schwören, wenn der Anlass nicht zu unbedeutend wäre, um
so etwas übertrieben Gefühlvolles wie einen Eid abzulegen.
Zwar kenne ich nicht alle Einzelheiten aus dem eigenen
Miterleben, sondern bin zwangsläufig auf Informationen angewiesen, die man gemeinhin dem Hörensagen zurechnet,
aber ich habe keinen Anlass, Ohren- und Augenzeugen zu
misstrauen. Auch gibt es Aussagen unmittelbar Betroffener,
die, wie man das üblicherweise kennt, erheblich voneinander
abweichen. Doch was ist schon Wahrheit? Diese uralte Frage wurde bislang immer noch nicht beantwortet. Denn nicht
nur die Schönheit, sondern auch die Wahrheit liegt im Auge
des Betrachters. Da der Göttin Justitia die Augen verbunden
sind, ist sie auf das nicht minder trügerische Gehör angewiesen und sieht noch nicht einmal, ob ihr gefälschte Gewichte
in die Waagschalen gelegt werden. Einigen wir uns somit darauf, dass es sich bei der Schilderung dieser Begebenheit um
meine Wahrheit handelt.

Die Anzuggeschichte war lange Zeit in dem Dorf meiner
Kindheit der vorherrschende Ortsklatsch und diente, je nach
Charakter und Stimmung der Gesprächsteilnehmer, zur Häme, Belustigung, zu Mitleid, Zorn und Moralpredigten. In
den Wirtshäusern wird das Vorkommnis auch heute noch
erzählt, mit den herrlichen, einleitenden Worten „Wisst ihr
noch …", was dann meist in ausuferndem Gelächter und in
weiteren Runden schlecht gezapften Bieres endet. Sauertöpfi-
schen und kalvinistisch geprägten Dorfbewohnern dient dieser Vorfall hingegen als Parabel für Selbstüberhebung und
Eitelkeit und somit als sichtbares Anzeichen des Verfalls von

Moral und Sitte, wie er zu ehemaligen Zeiten in dieser traulichen Gemeinde vermeintlich nie vorgekommen sein soll.

Die Ortschaft, in der ich aufgewachsen bin, die ich dann als Jugendlicher verließ, um sie jetzt nur noch selten zu besuchen und wehmütig ihre Veränderungen zu einer modernen Schlafstadt festzustellen, liegt am Niederrhein, in Nähe zur Stadt W. Den Namen des Dorfes möchte ich hier nicht erwähnen, da betroffene Bürger möglicherweise noch leben, zumindest aber deren Nachfahren sich von meiner Geschichte peinlich berührt sehen könnten, ja, sie vielleicht sogar als ehrenrührig bezeichnen werden. Dergleichen liegt mir absolut fern. Ich berichte lediglich als Chronist über eine Begebenheit, die einer Posse recht nahekommt. Betroffene dürften das entschieden anders sehen und würden deshalb möglichst nicht mehr daran erinnert werden wollen. Hängen wir also mit einem gebotenen Maß an Rücksichtnahme dieser kleinen Geschichte ein dünn gewebtes Mäntelchen der Verschleierung um, ohne jedoch deshalb ihren Wahrheitsgehalt anzutasten.

Das inzwischen eingemeindete Dorf war Mittelpunkt einer ausgedehnten Bauernschaft, die damals, unmittelbar nach dem letzten Krieg, eine noch kaum spezialisierte Landwirtschaft betrieb. Man baute Getreide an, hielt Milchkühe und Schweine sowie eine breite Palette des einheimischen Federviehs. Die Bauern buken ihr Brot noch selbst, so dass der dörfliche Bäcker ein sehr bescheidenes Dasein fristete und allenfalls wegen seiner schmackhaften Brötchen und klebrigen Kuchenstückchen, die hier „Teilchen" heißen, aufgesucht wurde. Auch der grobschlächtige Metzger stand allzu häufig in blutverschmierter Gummischürze gelangweilt in seiner Ladentür und lebte mehr schlecht als recht von den genügsamen Bedürfnissen der nichtbäuerlichen Dorfbewohner. Da kaum jemand etwas anderes als Schnitzel, ein einfaches Bratenstück oder Wurst verlangte, drehte er sogar edelste Fleischstücke durch den Wolf. Dann gab es in dieser kleinen Gemeinschaft noch einen Frisör, dem es ohne Murren nachgesehen wurde, wenn er einem vor lauter Schwatzhaftigkeit und handwerklichem Unvermögen die Haare verschnitt. Ein Haus weiter bot ein Uhrmacher protzig wirkende, aber lediglich versilberte Hochzeitsgeschenke an und präsentierte im Schaufenster Schlaf raubende Blechwecker und einschläfernd tickende Pendeluhren. Wenig schmückender Ortsmittelpunkt waren, neben einer Tankstelle mit einem mehr zufälligen, vornehmlich auf Trecker ausgerichteten Reparaturgeschick, zwei wetteifernde Schmiede. Deren Haupttätigkeit bestand damals noch im Schmieden von Hufeisen und Eisenreifen für hölzerne Karrenräder, die von einem Schreiner außerhalb des Dorfes geliefert wurden. Selbstverständlich gab es auch noch einen Lebensmittelladen, mit einem verwitterten Schild über dessen Eingang, auf dem der Schriftzug „Kolonialwaren" gerade noch erahnbar war. Fässer mit durchdringend stinkenden, in Salzlake eingelegten Heringen, Fassgurken, Wasch- und Putzmittel, Gewürze sowie Rübenkraut – eine rheinische Spezialität aus Zuckerrübensaft, der Wagenschmiere nicht unähnlich, das zäh-klebrig und Fäden ziehend von der stark hinkenden Besitzerin, die sich mit lautem Schmatzen ständig die Finger ableckte, in mitgebrachte Behältnisse abgefüllt wurde – ergaben ein Dunstgemenge, wie es geheimnisvoller nicht sein konnte. Auch Butter und Milch wurden lose angeboten, waren nicht steril, dafür aber ungleich aromatischer als heute. Die Bonbons gab es noch einzeln zu kaufen. Die den Gaumen wund scheuernden Himbeerdrops wurden zu einem Pfennig pro Stück in kleine, mit blauen Sternen bedruckte Spitztütchen abgezählt. Nur Waren aus den Kolonien gab es nicht mehr, wenn wir mal von Kakao und Kaffee absehen wollen. Die Bauern bevorzugten ohnehin Malzkaffee. Blaubepunkteter Kathreiner. Von dem ließ sich ein Liter unmittelbar vor dem Schlafengehen trinken, ohne deshalb eine unruhige Nacht befürchten zu müssen.

Einen Steinwurf weiter werkelte in einer höhlenartigen Werkstatt bei dauerhaftem Dämmerlicht ein Schuhmacher, dessen hutzelige Gestalt sich infolge eines harten Arbeitslebens auf einem Holzschemel dem Erdboden zugekrümmt hatte, so dass er zwischen den unordentlich aufgetürmten Schuhbergen kaum zu entdecken war. Wir warteten immer ganz gespannt darauf, ob ihm in diesem chaotischen Durcheinander mal ein Schuh abhandenkommen würde, ertappten ihn aber nie. Der Schuhmacher war hässlich und unfreundlich. Betrat man seine Werkstatt und hielt einen Moment inne, um ihn in der Finsternis zu erspähen, bellte von unten ein „Wat willste!?" zu einem empor. Wir Kinder drückten uns jedenfalls davor, ihm Schuhe zur Reparatur zu bringen. Ausgerechnet diesem grantigen Gnom wurde ein Verhältnis mit der hinkenden Ladenbesitzerin nachgesagt, was Anlass zu allerlei Zoten war.

Ja, und dann gab es noch eine Windmühle mit abgebrochenen Flügeln. Das gedrungene Bauwerk mit seiner schwarzen Kappe thronte wie eine breithüftige Matrone auf einem nördlich gelegenen Hügel und hatte seine einstige Verschwisterung mit den Winden eingebüßt, weil zwei Müller-Generationen aus Desinteresse oder Mangel an Geld die erforderlichen Instandsetzungen nicht mehr vornehmen mochten; das Getreide wurde schon längst mit einem elektrisch betriebenen Mahlwerk zerkleinert.

Weiterhin darf ich in dieser Aufzählung nicht die zwei Anstreicher vergessen. Maler wäre eine zu hochtrabende Bezeichnung für sie gewesen. Nein, sie malten nicht, sondern strichen eher derb an und tapezierten schwülstige Blumenmuster an Wände und Decken oder kitteten Fensterscheiben ein. Fensterkitt war bei uns Kindern als Knetmassenersatz äußerst beliebt, weshalb beide Anstreicher die entsprechenden Blechbehälter wie ihre Augäpfel hüteten. Allzu oft mit recht geringem Erfolg.

Vervollständigt wurde das Dorfbild durch eine Molkerei, deren Spezialität ein absolut geschmacksneutraler Käse war, einen kleinen Landhandel, der vom Heuwender über Mopeds bis zur Kaffeemühle alles anbot, was als Innenleben ein Zahnrad hatte, und eine Gärtnerei, die sich auf immer gleich aussehende Beerdigungskränze und Grabgestecke spezialisiert hatte, sowie drei Wirtshäuser, die ein kaum genießbares Bier aus schlecht gepflegten Leitungen ausschenkten. Es genügte damals wenig, um die Bedürfnisse der Bevölkerung zu befriedigen. Außergewöhnliches besorgte man sich ohnehin in der nur zehn Kilometer entfernten Stadt.

Erstaunlicherweise gab es aber einen weiteren Handwerker, den man in diesem Dorf nicht vermutet hätte: einen Damen- und Herrenschneider. Der bestritt seinen kärglichen Lebensunterhalt überwiegend mit Ausbesserungsarbeiten und dem Auslassen von Nähten, wenn Träger oder Trägerin des Rocks, der Weste oder der Hose im Laufe der Jahre aus rätselhaften Gründen, zu denen das Essen keinesfalls zählen durfte, fülliger geworden war. Meist wurden irgendwelche Drüsen, von deren Existenz nur verschwommene Vorstellungen ausgetauscht wurden, die wohl gerade deshalb verdammenswert schuldhafte und somit ungeliebte Körperbestandteile zu sein schienen, dafür verantwortlich gemacht. Ganz selten und eigentlich nur zu hohen Feiern wie Konfirmationen oder Hochzeiten erhielt der Schneider, nennen wir ihn Erich, den Auftrag, ein Kleidungsstück vollständig herzustellen. Vor allem die Damenwelt war in diesen Dingen äußerst zurückhaltend geworden. Gemunkelt wurde, er habe mal bei dem Ausmessen eines Kostüms und den Kreidestrichen für die beiden Brusttaschen … na ja, man wolle ja nichts behaupten, habe aber gehört … jedenfalls soll die betreffende Dame seine Schneiderei mit hochrotem Kopf und überaus empört verlassen haben. Ich selbst habe sowohl diesen Schneider als auch seinen durch Kinderlähmung stark behinderten Gesellen, den die Kriegswirren aus dem Osten in unser kleines Dorf geweht hatten, als sehr mürrisch und verschlossen, ja, geradezu etwas unheimlich in Erinnerung. Gleichwohl empfand ich es als faszinierend, ihnen bei der Arbeit zuzusehen, wenn sie im Schneidersitz auf einem überbreiten und überlangen Tisch saßen und mit ausholenden Bewegungen ihre Nadel schwangen.

Schneider Erich und Anstreicher Walter sind der Mittelpunkt meiner Erzählung. Beide hatten eine recht schicksalhafte Begegnung, die in eine andauernde, allerdings spannungsreiche Beziehung mündete, welche lange Zeit Gesprächsstoff in unserem Dorf sein sollte. Diese zwei Handwerker genossen hohes Ansehen. Des Schneiders Fehltritt, besser Fehlgriff, hatte seiner Reputation zumindest in der Männerwelt keinen Abbruch getan und einen Anstreicher braucht man ja immer wieder einmal, denn welcher Bauer vermag schon zu tapezieren.

Der Anstreicher Walter war unser nächster Nachbar, so dass ich einiges, von dem ich berichte, aus unmittelbar Erlebtem wiedergeben kann. Als Kind mochte ich den Anstreicher nicht. Er war arg kleinwüchsig, herrschsüchtig und übellaunig, worunter seine hübsche und äußerst milde Frau, die erste erotische Empfindungen in mir auslöste, und insbesondere seine mit mir befreundeten Kinder zu leiden hatten. Auch ich bekam seine aufbrausende Art nicht selten zu spüren, wenn wir Rangen auf seinem Grundstück spielten und dabei zu sehr lärmten oder ihn in irgendeiner Weise irritierten. Hinzu kam, dass Walter ausgesprochen geizig war. Es bedurfte eines überaus energischen Zuredens meiner Mutter, bis er seinem Sohn gestattete, für den auch damals schon lächerlichen Eintrittspreis von 20 Pfennigen zusammen mit mir die Kindervorstellung eines Wanderkinos zu besuchen. Der Anstreicher war somit kein Mensch, der mein besonderes Mitgefühl erlangen konnte. Im Gegenteil, als diese Geschichte offenbar wurde, war ich nicht frei von Häme und klammheimlicher Freude, die ich, ich bekenne es freimütig, auch heute noch verspüre.

Zu den kulturellen Höhepunkten unseres Dorflebens zählten neben den kirchlichen Ereignissen – mitten im Ort stand eine sehr alte Kirche, auf deren Gedenktafeln für die Gefallenen beider Kriege auch einige meiner Verwandten als Helden des Vaterlandes verewigt waren – ausufernde bäuerliche Hochzeiten, die sich über mehrere Tage hinziehen konnten, die alljährliche Kirmes und vor allem das mit großem Brimborium verbundene Schützenfest im Frühling, stets zu Pfingsten. Wer dieses Fest noch nicht miterlebt hat, kann schwerlich ermessen, welche Bedeutung ihm zukommt. Es ist geradezu Bürgerpflicht, sein Haus zu schmücken, am Zaun frischbelaubte Birkenäste anzubinden und diese mit Papiergirlanden zu durchwirken. Allein schon das Königsschießen zwei Tage vorher bringt alle Dörfler auf die Beine. Mit Trubel und Spannung wartet man auf den Königsschuss, der oftmals alles andere als das Ergebnis eines scharfen Auges und einer ruhigen Hand ist. Die Königswürde löst nicht selten sehr zwiespältige Gefühle aus, ist sie doch mit erheblichen Geldausgaben verbunden, da sich König und Königin als hemmungslos spendabel sowohl hinsichtlich des Alkohols als auch der Speisen zeigen müssen. So mancher König empfand die sich daraus ergebende Last wie einen Mühlstein als Halskrause, der ihn finanziell ertränken würde, und hätte lieber geheult als gejubelt. Tatsächlich gekrönten Häuptern sagt man Ähnliches nach. Deshalb verwundert es nicht, dass gerade gute Schützen auffällig oft danebenschießen. Ein kluger Vereinsvorstand weiß dies jedoch zu korrigieren, indem, vermeintlich unauffällig, die entsprechenden Ringe oder sogar das Zentrum auf der Zielscheibe mittels eines Nagels durchlöchert werden. Pech nur, wenn, wie es in unserem Dorf einmal geschah, ein bierseliges Vorstandsmitglied die Scheibe von hinten durchbohrt hatte, was dann, wegen des zu offensichtlichen Betrugs, in einer handfesten Schlägerei endete.

Nun, dieses Schützenfest stand an. Der geizige Anstreicher Walter war inzwischen zu einem Vorstandsmitglied der Schützengilde aufgestiegen, was seine gesellschaftliche Stellung außerordentlich aufwertete, und er sollte die ehrenvolle Aufgabe haben, unmittelbar hinter der Kapelle zu marschieren, dieser unverzichtbaren Lärmquelle, die Lust und Ärgernis eines jeden Volksfestes zu sein scheint. So war es schon immer und so wird es auch immer sein. Das pseudomilitärische Ehrenamt verlangte auch eine pseudomilitärische Uniform, selbstredend in Grün und mit allerlei Zierrat, um das Martialische abzumildern. Man fuchtelt zwar mit Gewehren herum, erzeugt Knall und Pulverdampf, reduziert aber den Kampfgeist auf den Widerstreit zwischen Alkohol und dem eigenen Stehvermögen.

Das Muss der vereinsgerechten Kleidung leuchtete selbst dem Anstreicher Walter ein, der sonst jede Mark, die er ausgeben sollte, bejammerte. Es war naheliegend, die Kreisstadt aufzusuchen, wo es Spezialgeschäfte für Schützenbedarf gab. Allein, das geringe Körpermaß unseres aufgestiegenen Schützenbruders ließ ihn kein passendes Kleidungsstück finden. Die maximale Knabengröße war zu klein, das unterste Erwachsenenmaß zu groß. Lediglich einen passenden, kokardenbesetzten Schützenhut mit einseitig hochgeschlagener Krempe konnte er erstehen. Aber selbst der wirkte an ihm übergroß und unterstrich seine gnomenhafte Erscheinung.

Doch warum in die Ferne schweifen, wenn ein Schneider am Ort ist? Folglich wurde Schneidermeister Erich aufgesucht, der auch sehr sorgfältig Maß nahm und verbindlich zusagte, rechtzeitig zum Fest die Uniformjacke samt bisenbesetzter Hose zu liefern. Hoch und heilig waren Erichs Versprechungen. Hing von der termingerechten Lieferung denn nicht nur das Glück des frisch gekürten Vorstandsmitglieds ab, sondern auch das Ansehen des Schützenvereins und die Ehre des Handwerksmeisters? Einen Tag vor dem Umzug, der durch das ganze Dorf zu mehreren Zapfstellen für Bier und Schnaps führen würde, sollte die Anprobe sein.

Dieser Tag rückte heran und Walter betrat frohgemut die Schneiderwerkstatt, wo auf einer Schneiderpuppe bereits die Uniform seiner harrte. Prachtvoll sah sie aus mit den Epauletten, der Affenschaukel und einigen vorab angehefteten Orden, die dem Anstreicher für eine hin und wieder getroffene Zwölf, für seine langjährige Verweildauer im Verein und seine vermutlich herausragenden Trinkleistungen verliehen worden waren.

Die Hose schien auf den ersten Blick perfekt zu sein. Auch erwies sich die Hosenlänge als annähernd passabel und musste nur ein wenig eingekürzt werden. Allerdings hatte der Hosenbund eine so beachtliche Weite, dass ohne Weiteres ein fülliges Kissen Platz gefunden hätte. Ohne Träger konnte die Hose nicht oben bleiben, würde aber wohl bei jedem Schritt um Walters Bauch kreisen. Der Schneider begründete den weiten Umfang mit dem Gewinn an größerer Bequemlichkeit, die sich bei den bevorstehenden Völlereien positiv auswirken werde. Walter nickte zustimmend. Habgier glomm in seinen Augen auf. Sein Geiz würde ihn zu Höchstleistungen antreiben, waren doch Essen und Trinken kostenlos. Probleme bereitete vor allem das Jackett. Auf unerklärliche Weise wollte es sich nicht den Körperformen des Trägers anpassen. Die Revers hingen so tief, dass deren „V" direkt über dem Schritt begann. Auch die Schulterpartien ragten rechts und links weit über und die Ärmel endeten mehr als eine Handbreit tiefer als Walters Fingerspitzen. Böse Zungen behaupteten später, eigentlich habe das Kleidungsstück wie ein verschnittener Mantel ausgesehen.

Das mache gar nichts, beruhigte ihn der Schneider, der sich entweder völlig vermessen oder diesen Auftrag mit dem für einen Riesen verwechselt hatte. Erich trat hinter seinen Kunden, raffte beherzt und verkaufsorientiert das Jackett am Rücken zusammen, zog so die Revers in die Höhe und stramm an den Körper:

„Siehst du, Walter", raunte er dem Anstreicher von hinten einschmeichelnd ins Ohr und hielt mit einem teuflischen

Grinsen dessen zweifelnden Blick im Spiegel fest, „passt doch!"

„Nun ja, aber die Ärmel", wagte dieser eingeschüchtert mit zaghafter Stimme einzuwenden.

„Ach, keine Sorge, das ist ruckzuck behoben", beruhigte ihn Erich.

„Und wenn du loslässt?", wollte Walter wissen.

„Auch kein Problem", winkte Erich mit der freien Hand ab. „Mit ein paar Stichen arbeite ich eine Rückenfalte ein und du siehst wie ein junger Gott aus!"

Walters ohnehin schon sehr gefurchtes Gesicht, er machte sich stets und ständig Sorgen, legte sich in weitere Falten. Zufriedenheit sieht anders aus.

So weit sind die Erinnerungen des Anstreichers und des Schneiders in etwa deckungsgleich, wobei der Schneider zusätzlich als Entschuldigung vorbrachte, der Anstreicher habe beim Anmessen des Anzugs ständig herumgezappelt und müsse sich wohl auch aufgebläht haben, was bei sehr kleinen Menschen eine nicht gar so ungewöhnliche Eigenart sei. Außerdem wisse er als Schneider um die Neigung gerade älterer Menschen, an Körpervolumen zuzulegen, was er deshalb gerne in der Anzuggröße vorausschauend berücksichtige. Warum Walter das Kleidungsstück nicht zurückgewiesen hat, ist nicht so ganz leicht zu erklären. Ich versuche es dennoch. Dorfbewohner scheuen die direkte Auseinandersetzung. Zwar wirft man sich schon mal Beleidigungen an den Kopf, die dann mit ein paar Gläsern Bier wieder weggespült werden oder mehrere Generationen lang weiterleben. Aber, wie in diesem Fall, dem Schneider einen nicht unerheblichen finanziellen Verlust zuzufügen, indem man das Werkstück nicht abnimmt, hätte das dörfliche Konfliktmaß deutlich überlaufen lassen und womöglich juristische Folgen gehabt. Hinzu kam vermutlich auch Walters Eitelkeit, denn ohne dieses Jackett hätte er in seinem Beerdigungsanzug dem fröhlichen Tschingderassabumm klein und schwarz folgen müssen, als allzu deutlicher Fremdkörper in einer grün berockten Männerschar.

Walter war verwirrt und fügte sich dem vermeintlichen Können des Fachmanns. Der Schneider trieb seinen Gesellen an, schnell die wenigen Korrekturen mit der berüchtigten heißen Nadel vorzunehmen und drückte dem sichtlich geschrumpften Walter den in Packpapier eingewickelten Kleiderballen, der ihm größenmäßig fast gleichkam, in die Arme und schob ihn zur Tür hinaus. So schlich Walter von dannen, seiner Frau wagte er zunächst nichts zu sagen. Er war unglücklich, haderte mit seinem Schicksal und sah sorgenvoll dem morgigen Tag entgegen. Selten hatte ein Gefühl so getrogen.

„Pfingsten, das liebliche Fest war gekommen …", wie Goethe diesen Tag besingt – und auch in unserem Dorf war der Pfingstsonntag der Tag des großen Umzugs. Unschuldig strahlte der Morgen in einer milden Frühlingssonne. In dem farbenfroh geschmückten Dorfzentrum waren alle Dörfler auf den Beinen. Die Schützengilde formierte sich zwischen der protestantischen Kirche und dem Kriegerdenkmal 1870/71, auf dessen Spitze ein Engel aus weißem Marmor den Siegerkranz über einen anatomisch nicht ganz wirklichkeitsgetreuen Soldaten hielt, welcher grimmig gen Westen starrte, auf der Suche nach dem Erzfeind. Noch vor kurzem übersah diese Figurengruppe großmütig die Bombenkrater und Brandruinen, die der Zweite Weltkrieg diesem Dorf zugefügt hatte. Dieser ewig wachsame Krieger hatte mich als Kleinkind stark beeindruckt und an meine Mutter die Frage richten lassen, ob denn Soldaten nie schlafen dürften. Ihr knappes Nein ließ mich darüber grübeln, wie angenehm doch dieser Beruf sein müsse, da ich abends nur äußerst unwillig zu Bett ging.

Zunächst nahm die Kapelle Aufstellung: Tambourmajor, dahinter der prachtvolle, goldglänzende Schellenbaum, zu seiner Seite der Mann mit den Becken, der sich in weiser Voraussicht ölgetränkte Wattepfropfen in die Gehörgänge gestopft hatte. Dann in einer Reihe die Querflöten, gefolgt von den Trompetern und einer Tuba. Dem schloss sich eine Riege Trommler an. Den Schluss bildete die Pauke. Dass die Kapelle in den Uniformen der freiwilligen Feuerwehr auftrat, soll uns hier nicht weiter stören.

Der Kapelle folgte die Kutsche mit dem Königspaar. Dem König sah man deutlich an, dass die vorabendliche Feier des Königsschießens wohl erst kurz vor dem Einsteigen in die Kutsche geendet haben musste. Während die Königin noch sehr frühlingsfrisch wirkte, schwankte ihr des Festes halber angetrauter „Gemahl" mit hochrotem Gesicht verdächtig hin und her und winkte mit einem blöden Grinsen huldvoll in die Menge. Mit Girlanden prächtig geschmückt, wurde die Kutsche von einem durchaus edlen Pferd gezogen. Nur am Rande sei erwähnt, dass Equipage und Kutscher aus der Verwandtschaft des Erzählers stammten, was den damals noch kleinen Beobachter mit großem Stolz erfüllte, zumal es ihm in der Kinderschar zu einer herausragenden Stellung verhalf.

Nun, und dann kamen die Schützenbrüder. Erste Reihe der Vorstand, und in dieser unser frischberockter Walter, dahinter das Schützenfußvolk mit einigen Fahnenträgern. Letztere mit einem Blutalkoholgehalt, der auch Fußgänger zu gefährlichen Verkehrsteilnehmern werden lässt.

Der Tambour stieß mit seinem Stab in die Luft, „Achtung!", hielt einen Moment inne, zuckte mit dem Arm wieder zurück und das ohrenbetäubende Schrillen der Querflöten setzte ein, die Trommeln dröhnten, die Trompeten schmetterten, die Tuba brummte und die Pauke wummerte. Der Schellenbaum war in diesem Lärm nicht zu vernehmen, was wohl eher ein Vorzug war, da er nicht sehr gekonnt bespielt wurde. Aber der Mann mit den Becken erregte Aufmerksamkeit, da er seine Messingscheiben immer haarscharf am Takt vorbei zusammenschlug, was den Rhythmus des Schützenmarsches unüberhörbar verzerrte. Der Zug setzte sich in Bewegung, um das erste Ziel für eine Stärkung, das 200 Meter entfernte Vereinsgasthaus, anzusteuern. Der Vorstand folgte der Kapelle mit männlichem Schritt, dank der frühen Morgenstunden und trotz einiger Aufwärmschnäpse noch erstaunlich nüchtern und somit in martialisch-aufrechter Haltung.

Mitten auf der Hauptstraße geschah es dann. Die zusammenraffende Naht riss und löste ein Desaster aus. Walters Jackett begann zu rutschen. Erst schoben sich die Schulterpartien auseinander und vermittelten das Bild eines zwergwüchsigen Freistilringers, danach sank der Rock. Der Saum schleifte fast auf der Straße und behinderte den kleinen Anstreicher bei seinem Parademarsch. Mit den Händen, die nicht greifen konnten, weil sie allzu tief in den überhängenden Ärmeln steckten, versuchte er vergebens, den Rock nach oben zu ziehen. Walter bekam einen hochroten Kopf und hätte sich am liebsten in einem Mauseloch verkrochen. Diese Unbemerktheit blieb ihm jedoch verwehrt.

Die hinter ihm marschierenden Schützenbrüder entdeckten selbstverständlich das Unglück und lachten wiehernd und laut rufend über die vor ihnen wankende Witzfigur. Das Gelächter pflanzte sich fort, ergriff die umstehenden Zuschauer und begleitete den Zug bis zum angesteuerten Gasthaus. Wer auf dieser Strecke nicht Augenzeuge war, wurde spätestens im Laufe des Tages informiert, so dass Walters Missgeschick am Abend das Lokalereignis war.

Das Königspaar wurde zur absoluten Nebensache. Walter war der Star des Tages und man ließ ihn bei jedem Halt des Schützenzuges, der, wer wollte sich wundern, stets vor Dorfschänken und spendablen Großbauern stattfand, hochleben mit mindestens einem Bier und einem Korn. Das konnte der kleine Kerl, der sich inzwischen mit zunehmendem Alkoholkonsum in seiner Clownerie sehr wohlfühlte, ja, geradezu badete, nicht lange durchhalten. Irgendwann versagten ihm die Beine und er wurde in der Königskutsche unter dem Sitz des Herrscherpaares auf einer Pferdedecke gebettet und schlief dort während des restlichen Umzugs einen Teil seines Rausches aus.

Die Reputation des Anstreichers Walter litt zunächst darunter nicht. Im Gegenteil, seine Anerkennung und Beliebtheit nahmen im Dorf deutlich zu. Er sonnte sich förmlich in der ihm zuteilwerdenden Sympathie, in der aber auch immer ein Quäntchen Schadenfreude mitschwang. Erfreulicherweise, auch für uns Kinder, entdeckte er plötzlich an sich selbst so etwas wie Humor, wurde gelöster und durchaus auch fröhlicher. Im Verlauf der weiteren Monate jedoch musste er erfahren, dass die Grenze zwischen spaßig und lächerlich dünn wie ein Haar sein kann und sehr schnell verwischt. Auf Dauer erfreut es einen eben nicht, wenn beim Betreten eines Gasthauses alle zu grinsen und tuscheln beginnen und sich das Gefühl einstellt, vielleicht zu einer Witzfigur geworden zu sein.

Wenig heiter verlief es auch für den Schneider Erich. Seine mehr als mäßigen Fähigkeiten waren nun der Öffentlichkeit vorgeführt und dem Spott preisgegeben worden. Weil ihm nur noch Flick- und Änderungsarbeiten angetragen wurden, die gerade mal ihn allein zu ernähren vermochten, musste er den Gesellen entlassen.

Die Weidenhöhle

Leo war ein sehr phantasievolles Kind. Zu phantasievoll, wie seine Mutter nicht selten verzweifelt ausrief und dabei mit den Augen rollte und die Arme zum Himmel streckte. Der häufig grantelnde Stiefvater aber beschied kurz und bündig: „Der Junge lügt!" Seine Geschwister dagegen hörten gerne von seinen abenteuerlichen Erlebnissen und Träumen oder amüsierten sich, wenn er sich wieder mal eine Ausrede zurechtgelegt hatte, die völlig unglaubwürdig, dafür spannend und kauzig klang. Nun war es durchaus nicht so, dass Leo bewusst log. Kleine Ereignisse, die anderen alltäglich erschienen und deshalb kaum erwähnenswert waren, konnten in dem Kopf des kleinen Jungen ganz andere Größen annehmen. Da wurde ein seltsam geformter Stein zu einem Meteoriten, also ein Teil aus dem Weltall, von einem weit entfernten Stern. Löcher im Boden, womöglich von einer Wühlmaus, waren Verstecke von Giftschlangen. Im Donnergrollen erkannte er das Kollern von Holzkugeln auf der Kegelbahn (hin und wieder hatte er im Dorfgasthof für ein paar Geldstücke die Kegel aufstellen dürfen), so dass er der festen Überzeugung war, der liebe Gott und seine Engel würden bei Gewitter kegeln. Auch das schlüssige, folgerichtige Denken war nicht seine Stärke. Das, was Leo sah, war für ihn zunächst wahr und wurde nicht hinterfragt. Als die Familie eines Mittags beim Essen saß, ertönte die Feuersirene und das anschließende Tatütata der Dorffeuerwehr.

„Wo es wohl brennen mag?", fragte die Mutter.

„Ich weiß es!", rief Leo.

„Ja, wo denn?", entfuhr es erstaunt und ungläubig der Mutter.

„An der Molkerei!", jubelte Leo.

„Woher willst du das denn wissen?", winkte der Stiefvater ab.

„Weiß ich wohl! Dort haben sie schon gestern die Schläuche hingebracht!", triumphierte Leo, der am Tag zuvor beobachtet hatte, wie die Feuerwehr auf dem freien Platz vor der Molkerei die Wasserschläuche zum Trocknen ausgerollt hatte.

„Der Junge ist nicht normal!", seufzte die Mutter und schüttelte betrübt den Kopf.

Man könnte also sagen, Leo war einfältig, ihn aber als dumm zu bezeichnen, wäre völlig falsch. Er war zwar noch am Anfang seines Lesenkönnens, verschlang jedoch mit Begeisterung alle Kinderbücher, derer er habhaft werden konnte und begeisterte sich an den Bildern im Lexikon und in Reiseberichten, erlebte fremde Länder und Erdteile in den Erzählungen seiner Eltern und Verwandten sowie in Abenteuerbüchern, ließ sich anhand des Atlas die Erde mit ihren Völkern erklären und konnte so sehr früh eine Vorstellung von der Welt entwickeln. Nur in seinem unmittelbaren Umfeld vermengten sich Wirklichkeit und Wunschdenken allzu häufig, da ihm erstere entweder zu langweilig und gewöhnlich oder auch zu traurig erschien.

Zu Leos Kinderzeit gab es noch kein Fernsehen und keine Playstations. Die Kinder waren beim Spiel allein auf überlieferte Unterhaltungsformen oder ihre Phantasie angewiesen, zumal auch Spielzeug in jeder Art recht selten und manchmal auch seltsam war, weil nur neu angestrichen oder neu eingekleidet. Die Mädchen hatten ihren Puppenwagen und vielleicht sogar mehrere Puppen, die Jungen dagegen allenfalls einen Bollerwagen oder ein rostiges Fahrrad und ein paar Murmeln. Einige besaßen sogar klammheimlich ein Taschenmesser, was besondere Glücksgefühle vermittelte. Da Kinder ungern im Haus geduldet wurden (die Erwachsenen waren ohnehin sehr ungeduldig mit Kindern und empfanden sie oft als lästig und hinderlich), spielten sie überwiegend im Freien. Die Mädchen hinkelten auf der Dorfstraße über mit Kreide aufgemalten Vierecken (der Autoverkehr war damals noch unvergleichlich ruhig), die Jungens spielten Räuber und Gendarm und alle gemeinsam Nachlaufen oder Verstecken.

Verstecken spielen wurde von den Erwachsenen misstrauisch beäugt. Denn bei der Suche nach Schlupfwinkeln wurden gerne Keller, Verschläge, Garagen und Gartenhütten gewählt, alle samt und sonders eigentlich Verbotszonen, weil Kinder dort Unordnung machten oder unerlaubte Gegenstände befingerten, naschten und sonstigen Unfug trieben.

„Spöllt tebuten eh Blagen! Lot oh hier niet mehr siehn!", war dann der gedonnerte Befehl. Heute geht man mit Kindern freundlicher um. Meistens jedenfalls.

Der Tag, von dem diese Erzählung handelt, begann für Leo wie jeder übliche Tag. Morgens, nach immer ärgerlicher werdenden Ermahnungen, mühsamem Wachwerden, anschließender Katzenwäsche, kurzem Frühstück mit Marmeladenbrot und Milch, ging es ab in die Schule. Auf dem Weg dorthin unterhielt sich Leo mit einer Weinbergschnecke, die ihm mit ihren großen Augenfühlern antwortete, fand eine tote Blindschleiche, kaute zwei Sauerampferblätter, überlegte dann eine Weile, ob die Wolke da oben eher einem Drachen gleichen würde oder doch mehr einem Schlachtross, wie es die Ritter einst ritten. Etwas weiter fesselte ein hüpfender Frosch seine Aufmerksamkeit, dem er ein paar Meter in die sommerlich blühende Wiese folgte, und zu guter Letzt fing er eine Heuschrecke, so eine von den ganz großen, die angeblich aus Afrika herüberfliegen und alles kahl fressen. Wie langweilig war dagegen der Schulunterricht. Leo konnte nicht ahnen, dass der heutige Tag einer seiner erlebnisreichsten und unglaubwürdigsten werden würde.

Nach dem Mittagessen und den kurz und flüchtig hingeworfenen Schulaufgaben ging Leo nach draußen, um Spielkameraden zu suchen. Das Wetter war warm und sonnig, doch waren für den Spätnachmittag Schwüle und Gewitter angesagt. Schnell fand sich eine Kinderschar, die nach kurzer und sehr lautstark geführter Auseinandersetzung beschloss: Wir spielen Verstecken. Der Kleinste unter ihnen war als Erster dran, sein Gesicht in einer Hausecke mit vorgehaltenen Händen zu verdecken und langsam bis hundert zu zählen, während sich die anderen möglichst gut verstecken sollten. Aufgabe des Zählenden war es dann, die Versteckten aufzuspüren, schnell zur Hausecke zurückzulaufen, laut deren Namen zu rufen und mit klatschenden Handschlägen an der Mauer abzuschlagen.

„Ich kann nicht bis hundert zählen", sagte weinerlich der Kleine.

„Dann zähl zehnmal bis zehn", wurde ihm geraten.

„Oder sag zehnmal ‚Eins, zwei, drei, vier Eckstein, alles muss versteckt sein. Hinter mir und vor mir gilt es nicht, und an beiden Seiten nicht!'" Der Kleine fing jedoch an zu zählen, der Spruch war ihm wohl zu umständlich, und er befürchtete, sich zu verhaspeln. Alle anderen stoben auseinander, um ein möglichst gutes Versteck zu finden. Leo drehte sich ein paar Mal unschlüssig im Kreis: Hinter dem Holzstapel war zu einfach, im Graben war es zu nass, die Regentonne war nicht breit genug, der Apfelbaum auch zu schmal, im Hühnerstall stank es zu sehr und in der Hundehütte würde ihn der Hund verraten … Er war ratlos – bis sein Blick auf die Kopfweide am nahen Bach fiel, die dort altersschwach und hohl seit ewigen Zeiten stand. Leo würde versuchen, sich in den ausgehöhlten Baumstamm zu zwängen.

Kopfweiden sind eine sehr wüchsige Baumart, deren Zweige in früheren Zeiten von der Landbevölkerung für vielerlei Dinge verwendet wurden. Aus den biegsamen und auch im trockenen Zustand wenig brüchigen Zweigen wurden vor allem Körbe und Fischreusen geflochten, aber auch Matten für den inneren Halt von Lehmfachwerk. Da diese immer wieder und recht schnell nachwachsenden Zweige im Abstand mehrerer Jahre von den Bauern abgesägt, ja, geradezu geerntet wurden, bildete der Baumstamm am oberen Ende im Laufe einer langen Zeit eine große, wulstige Verdickung, die wie ein übermächtiger Kopf auf einem viel zu schmalen Hals wirkte. Daher der Name. Kopfweiden können sehr alt werden, brechen unter der Last ihres großen Kopfes dann oftmals auseinander und bilden mit ihren Stammteilen klaffende Höhlen. Sie leben dennoch weiter, denn sie sind zäh und nicht unterzukriegen.

Leo liebte diese Kopfweiden mit einem leicht ängstlichen Schaudern. Sie sahen so geheimnisvoll aus und ihre hohlen Baumkörper wirkten wie Eingänge in das Erdinnere und die vielen Astlöcher der Köpfe wie große, aufgerissene Mäuler oder erschrocken starrende Augen. In Weiden hausten Tiere und, so erzählten die alten Großmütter des Dorfes, auch Elfen und Kobolde, die hier ihre Ausgänge von der Unterwelt hatten. Leo zögerte also, sich in den Weidenbauch zu zwängen, überwand sich schließlich doch mit einem entschlossenen Sprung, als der zählende Spielkamerad laut rief: „Ich komme jetzt!"

In der Weide umfing Leo eine stickige, warme Luft, die nach faulendem Holz und moderndem Laub roch. Der Boden war mit weichem Mulm aus verrotteten Pflanzenresten bedeckt, wegen der anhaltenden Sommertrockenheit kein bisschen nass, sondern weich und federnd. Leos Ängstlichkeit legte sich recht schnell, als er sich an das kuschelige Versteck gewöhnt hatte. Es war still in der Weide. Die Rufe seiner Spielkameraden hörte er von weit entfernt und sehr schwach. Das sanfte Säuseln des Sommerwindes in den Weidenblättern klang wie eine einschläfernde Melodie. Leo wurde müde. Er setzte sich in den Mulm, lehnte sich an den Stamm und schaute sich gelangweilt um. Der Weidenkopf sah im Inneren wie eine große, rundliche Höhle mit vielen Nebenhöhlen aus, zu denen enge, gezackte Eingänge führten. Über sich konnte er durch ein Astloch ein Stück blauen Himmel sehen. Der innere Weidenstamm bestand an vielen Stellen aus faulendem Holz, in das Würmer und Käfer Löcher und Gänge gebohrt hatten, die auch Hummeln und anderen Fluginsekten als Wohnung dienten. Am Boden der Weide, auf dem Leo saß, fand er mehrere Erdlöcher, die in eine noch geheimnisvollere Tiefe führten.

Doch nach einer Weile fand Leo es ziemlich eintönig. Er wurde immer müder und nickte ab und zu ein wenig ein. Gedankenverloren brach er mit seinen Fingernägeln ein wenig brüchiges Holz ab, um es näher zu betrachten.

„Nicht knibbeln!", befahl eine leise, dunkle Stimme in sehr bestimmtem Ton. Leo schaute sich verdutzt um, sah aber niemanden. „Ich muss mich getäuscht haben", sagte er sich. „Wahrscheinlich nur das Plappern der Weidenblätter im Wind." Er brach sich erneut ein Stück Holz aus dem inneren Weidenstamm.

„Ich habe dich doch gebeten, nicht zu knibbeln!", forderte jetzt die Stimme sehr energisch und deutlich lauter.

Ängstlich fragte Leo: „Wwwer oder wwwo bist du?", und schaute sich erschrocken und halb aufgerichtet um.

„Ich bin der Weidenbaum", kam die Antwort. „Du darfst gerne so lange hier bleiben, wie du magst, aber ohne zu knibbeln. Ich mag es nicht, wenn du die Zerstörung meines Holzes beschleunigst. Die Käfer und Wurmer ärgern mich schon genug."

„Oh, Entschuldigung", bat Leo und blieb für einen kurzen Moment still und eingeschüchtert. Sodann siegte aber seine Neugierde: „Ich wusste gar nicht, dass du sprechen kannst."

„Alle Bäume können sprechen", murmelte die Weide, „auch wenn sie keine Worte benutzen. Leider horen die Menschen ihnen nur nicht zu. Sie behaupten, unsere Sprache sei nur Blätterrauschen oder knarrendes Holz. Wenn jemand allerdings ganz still und so gedankenverloren wie du hier sitzt, so zwischen Wachsein und Träumen, dann kann diesem das Geschenk zuteilwerden, uns zu hören und zu verstehen. Das gilt ebenso für alle anderen Pflanzen und die Tiere."

„Erzähl mir von dir", bat Leo.

„O bitte, nur das nicht", kam von oben eine knarzende Stimme.

Leo schaute verdutzt nach oben. Da saß doch tatsächlich eine Eule vor einer der Seitenhöhlen des Weidenkopfes.

„Auch du kannst sprechen, Eule?", wunderte sich Leo mit weit aufgerissenen Augen.

„Hier in der Weide können alle sprechen!", klapperte die Eule mit ihrem scharf gebogenen Schnabel. „Und um genauer zu sein – ich liebe keine Schlamperei und bin gerne unmissverständlich: Eulen gibt es viele; ich bin auch eine, lege aber Wert darauf, als Steinkauz bezeichnet zu werden. Um noch genauer zu sein, als eine *Athene noctua*. So lautet mein wissenschaftlicher Name, denn die Menschen, die es ebenso genau nehmen wie ich, geben allen Lebewesen und Dingen einen ganz präzisen wissenschaftlichen Namen. Weil ich zu Recht als sehr weise gelte, wurde ich nach der griechischen Göttin der Weisheit, die Athene heißt, benannt. Und ich bin ebenfalls eine Frau, und zwar eine bereits sehr betagte. Das nur so nebenbei." Zufrieden und eitel streckte die Käuzin ihren linken Fuß aus, betrachtete wohlgefällig ihre Kralle, ordnete mit dem Schnabel ein paar Federn, klapperte mit den Augendeckeln und ruckelte auf dem Sitzplatz ein wenig hin und her.

„Herrje, jetzt gibt Athene wieder fürchterlich an", stöhnte die Weide. „Wer von uns beiden über mehr Weisheit verfügt, müsste erst noch bewiesen werden. Schließlich bin ich viel älter und damit auch erfahrener."

„Wie alt bist du denn?", wollte Leo wissen.

„Lass mich überlegen …", rauschte der Weidenbaum. „Die Brücke über den Bach war noch nicht gebaut. Auch nicht die Häuser dort drüben, von denen du herübergelaufen bist. Tja, und wenn ich mich recht erinnere, dann gab es damals auch noch keine Autos. Die Bauern fuhren mit Pferdekarren umher. Die Strommasten standen ebenfalls noch nicht, denn es gab keinen elektrischen Strom hier im Dorf. Ja, selbst die Dorfstraße war noch nicht befestigt und erst recht nicht asphaltiert. Sie war lediglich ein Sandweg und bei Regen ein arger Matsch."

„Und schon ist es bewiesen", kicherte die Käuzin. „Alter hat mit Weisheit nicht immer etwas zu tun. Du kannst die Weide noch so sehr mit Fragen löchern, aber ihr Alter wirst du nicht erfahren. Das kennt sie nämlich nicht. Das weiß nur ich!", schloss Athene triumphierend.

„Nur weil du lesen kannst und dich immer wieder in der Kirche und dem Bürgermeisteramt herumtreibst, um die Menschen zu belauschen, musst du dich nicht so aufplustern", brummte leicht verschnupft der Weidenbaum. „Lesen bildet zwar, ersetzt jedoch nicht die eigene Erfahrung!"

„Papperlapapp", klapperte die Eule, „rede nicht solch einen gefährlichen Unsinn. Sonst meint nachher der kleine Leo, so heißt du doch, wenn ich das richtig mitbekommen habe, denn ich sitze hin und wieder auf dem Birnbaum im Hofe deines Elternhauses und höre euch zu – nun, sonst glaubt der Junge wohl noch, sich keine Mühe beim Lesenlernen geben zu müssen. Nein, nein, wir wollen es doch jetzt einmal etwas genauer wissen!" Geschickt fuhr sie mit dem rechten Krallenfuß unter ihren linken Flügel und zog ein kleines Notizheft hervor. Nur halb so groß wie eine Streichholzschachtel. Flink blätterte sie mit ihrem Schnabel in den Seiten umher. „Ich notiere mir alle interessanten Begebenheiten in diesem Ort und auch die Geburtsdaten meiner Freunde. Lass mich sehen … Bilch, Blindschleiche, Eichhorn, Grasfrosch, Haselmaus, Igel … Ha! Da steht es. Unter Kopfweide. Du bist stolze einhunderteinundfünfzig Jahre alt. Alle Achtung! Damals wurden hier den Bach entlang von den Bauern Weidenstecken gepflanzt, um Reisig für ihre Korbflechtereien zu erhalten."

Die Weide fühlte sich ein wenig geschmeichelt und rauschte nun heftiger mit den Zweigen und Blätter: „Gell, das hohe Alter sieht man mir doch nicht an?"

Leo musste lachen, da er den an mehreren Stellen aufgeplatzten Baumstamm, die modrige Baumhöhle und den schwer überhängenden, löchrigen Kopf vor Augen hatte.

„Ruhe!", schrie eine genervte Stimme. Sie kam aus einem dunklen Astloch. „Kann man denn hier nicht ungestört schlafen?"

„O je", seufzte Athene, „jetzt haben wir ihn geweckt. Verzeihung, Glis!"

„Halt endlich deinen Schnabel", kreischte es jetzt. „Ich war die ganze Nacht unterwegs, um Nahrung zu sammeln und brauche meinen Schlaf!"

Erschrocken fragte Leo: „Wer ist denn das?"

„Das ist *Glis*, der Siebenschläfer", raunte kaum hörbar die Weide.

„Hab dich nicht so!", rief dagegen völlig unbeeindruckt die Käuzin. „Da du ja ohnehin gerade wach bist, kannst du dich ruhig an unserem Gespräch beteiligen. Denn immerhin haben wir Besuch!"

Aus dem Astloch lugte jetzt ein kleines Tier mit schwarzen Knopfaugen hervor. Unter dem Arm hielt es eine noch nicht ganz reife Haselnuss. Man hätte es für ein kleines Eichhörnchen oder eine Maus halten können. Es gähnte und zeigte dabei kleine, spitze Zähne.

„Wer ist das?", fragte es misstrauisch.

„Eine Maus!! Wie drollig!", rief Leo und klatschte vor Freude in die Hände.

„Darf ich vorstellen?", beeilte sich die Eule, die offenbar stets alle Gespräche an sich reißen musste. „Das hier ist der kleine Leo, des Lesens noch bedauerlich unkundig, der sich bei einem Kinderspiel bei uns im Baum versteckt hat. Und hier oben sitzt Glis, der Siebenschläfer. Glis nennen wir ihn deshalb, weil sein wissenschaftlicher Name *Glis glis* ist. Aber Glis ist keine Maus, auch wenn er so ähnlich aussieht. Siebenschläfer, oder Bilche, wie sie korrekter heißen, sind eher Verwandte der Eichhörnchen."

„Jetzt prahlt sie schon wieder mit ihrem Wissen!", murmelte der Weidenbaum etwas verkniffen und knarrte unwillig mit einem seiner Äste.

„Von Siebenschläfern habe ich schon mal was gehört", sagte Leo. „Stimmt es, dass du für sieben Wochen schlechtes Sommerwetter sorgst?"

„So ein Quatsch!", zeterte Glis, noch immer etwas schlecht gelaunt. „Ich schlafe zwar tagsüber, aber nur, weil ich in der Nacht mein Futter sammle. Manche Menschen meinen, ich hielte während der kalten Jahreszeit eine Schlafpause von sieben Monaten. Tatsächlich", kicherte er, „schlafe ich noch viel länger, nämlich von September bis Mai. Mit dem Wetter habe ich absolut nichts zu tun. Unter schlechtem Wetter leide ich genauso wie ihr anderen auch."

„Ich nicht!", widersprach die Weide mit Behagen. „Ich liebe nasse Füße, den Regen, den Wind und den Wechsel zwischen kalt und warm!"

„Ja du!", schimpften Athene und Glis. „Aber guck dich mal an! Deshalb siehst du auch so schrundig aus!"

Die Weide antwortete lediglich mit einem gerauschten „Pfff".

„Und woher kommt dann die Behauptung, Siebenschläfer würden schlechtes Wetter bringen?", wollte Leo wissen.

„Das kann nur ich dir beantworten", plusterte sich erneut die Käuzin auf, kullerte mit ihren großen Augen und drehte eindrucksvoll ihren Kopf nach hinten, so dass Leo wieder lachen musste. Die Weide und der Siebenschläfer riefen gleichzeitig: „Angeberin!" Aber das klang nicht böse, sondern eher neckend.

Dennoch tat die Eule ein paar Minuten lang, als sei sie beleidigt. Schnaufte hörbar, putzte ihr Gefieder, betrachtete ihre Krallen und wiegte sich auf ihrem Sitzplatz vor der Seitenhöhle ein wenig hin und her.

„Damit der kleine Leo nicht dumm bleibt, will ich es trotz eures Protestes erklären. Ihr könnt ja weghören. Also: Nur rein zufällig gibt es eine Namensgleichheit zwischen Glis, unserem Siebenschläfer hier, so genannt wegen seiner angeblich siebenmonatigen Schlafpause, und sieben Christen, die vor fast zweitausend Jahren von einem bösen König in einer Höhle eingemauert wurden und dort angeblich mehrere hundert Jahre im Schlaf überlebt haben sollen. So eine fromme Geschichte nennt man eine Legende. Wenn dieser Brüder am „Siebenschläfertag" gedacht wird, das ist am 27. Juni jedes Jahres, mag es vielleicht regnen. Und diese schlechte Wetterlage kann eine beträchtliche Weile anhalten. Nicht unbedingt sieben Wochen, wie eine alte Bauernregel besagt, aber doch für einen so lang gefühlten Zeitraum."

„Diese Geschichte höre ich zum x-ten Male", piepste ein zartes Stimmchen neben Leo. Der Junge musste zweimal hinschauen, bevor er im Dämmerlicht der Baumhöhle ein winziges, mausähnliches Tier entdeckte, das eine lange, spitze Schnauze hatte.

„Aber das hier ist eine Maus!", rief Leo triumphierend aus.

„Du irrst dich erneut", konnte die Weide gerade noch murmeln, bevor ihr die Käuzin ins Wort fiel.

„Nein, keine Maus, sondern *Croci*, die Spitzmaus!", schnarrte sie von oben.

„Also doch eine Maus!", beharrte Leo.

„Du musst noch viel lernen", seufzte Athene und begann zu dozieren: „Spitzmäuse heißen nur so, weil sie wie Mäuse aussehen. Jedoch sind sie keine Nagetiere und haben auch keine Nagezähne, sondern sind überwiegend Insektenfresser und die kleinsten Säugetiere in unserer Gegend. Die da neben dir sitzt, heißt Croci, benannt nach ihrem wissenschaftlichen Namen *Crocidura russula*."

Leo war von dem winzigen Tierchen begeistert und begann, das seidige Fellchen zärtlich mit dem Zeigefinger zu streicheln. Croci schien das zu gefallen, denn sie machte einen kleinen Buckel und gab schnurrende Töne von sich.

„Für dieses liebevolle Streicheln schenke ich dir demnächst einen Regenwurm", wisperte sie.

Die sommerliche Nachmittagswärme und das Gemurmel der Weidenbewohner machten Leo schläfrig. „Das glaubt mir niemand!", ging es ihm durch den Kopf. „Mutter wird schimpfen und wieder sagen, dass ich lüge, wenn ich ihr davon erzähle."

Inzwischen hatte sich ein kleines Streitgespräch zwischen der Weide und der Käuzin entwickelt, ob der Bachlauf begradigt und für eine neue Straße einige Weidenbäume gefällt werden sollten. Die Eule war für maßvolle Veränderungen, die Weide strikt dagegen.

Leo wurde immer müder und verstand nur noch Wortfetzen. Bald schlief er ein.

Unterdessen war draußen das Versteckspiel zu Ende gegangen. Die Kinder begannen, ratlos nach Leo zu suchen. Als die Dämmerung einsetzte, wurden sie ängstlich und berichteten seiner Mutter, dass der Junge unauffindbar sei. Schnell verbreitete sich Aufregung im Dorf. Die Bauern durchsuchten laut rufend ihre Scheunen, Ställe und Hofflächen. Der Dorfpolizist, ein dicker, gemütlicher Wachtmeister, gab für die Suche nutzlose Anweisungen, die aber niemand ernst nahm. Leos Mutter war bereits verzweifelt und hatte Tränen in den Augen.

Der uralte Wilhelm, ein von der jahrzehntelangen Feldarbeit krumm gebeugter Bauer, der viel in der Natur herumstreifte und jeden Winkel seines Heimatdorfes kannte und der sich seiner eigenen Kinderspiele und Verstecke erinnerte, fand den kleinen Leo schließlich doch in der Baumhöhle.

„Danke, dass du ihn beschützt hast", sprach er zu der Weide. Die antwortete mit einem sanften Rauschen der Blätter.

Leos Mutter war überglücklich und trug ihren Sohn auf den Armen nach Hause. Im Halbschlaf murmelte der Junge:

„Tschüss, Athene, tschüss auch, Glis und Croci, auf Wiedersehen, Weide …"

„Was sagst du da, Junge?", wollte die Mutter wissen, aber Leo war schon wieder tief eingeschlafen.

Als die Mutter ihn am nächsten Morgen weckte, die Rollläden seines Zimmers hochzog und das Fenster weit öffnete, tat sie einen erstaunten Ausruf.

„Was ist?", fragte Leo noch ganz verschlafen.

„Wie seltsam …", antwortete die Mutter. „Hier auf der Fensterbank liegen säuberlich aufgereiht ein Weidenblatt, eine gestreifte Feder, eine Haselnuss und ein Regenwurm. Wer die da wohl hingelegt haben mag?"

Leo lächelte still in sich hinein und zog die Bettdecke wieder über den Kopf.

Erfüllung

Es fällt mir schwer, doch diese Beichte muss sein. Wenn meine Schrift kaum lesbar ist, so bitte ich um Verzeihung. Ich habe nur noch eine kurze Zeitspanne, bis meine Hände mir nicht mehr gehorchen wollen, weil meine Kräfte von Minute zu Minute weniger werden.

Ich habe getötet – nein, ich muss mich konzentrieren und korrigiere: Ich habe versucht, zu töten. Dennoch bleibt die erste Aussage zutreffend. Aber ich will der Reihe nach berichten.

Es war einer dieser heiteren, überraschend sommerlichen Herbsttage, als ich müßig in einem Marburger Straßencafé auf der Barfußerstraße saß und mich nicht entscheiden konnte, ob ich noch eine dritte Tasse Kaffee zu mir nehmen sollte. Bei meinem Arbeitgeber hatte ich mich krank gemeldet, obwohl mir nichts fehlte. So eine kleine Auszeit nehme ich mir hin und wieder, ohne jedoch Mutter etwas davon zu verraten. Ein paar Geheimnisse muss ich mir bewahren, selbst wenn ich vor Mutter kaum etwas verbergen kann. Gelangweilt schweifte mein Blick über die Nachbartische und die anderen Gäste. Schräg vor mir saß eine junge Frau, die, wie ich dem Titel und der Umschlaggestaltung des Buches entnehmen konnte, in einem Kriminalroman las. Die Frau interessierte mich nicht. Ohnehin ist mein Interesse am anderen Geschlecht sehr gering ausgeprägt. Oberflächlich, dümmlich, verantwortungslos und habgierig, sagt Mutter immer. Ich stimme ihr zu.

„Mord …" konnte ich lediglich entziffern. Was verführt eine junge Frau dazu, frühmorgens, an so einem strahlen-

den, sonnigen Tag diesem derart finsteren Thema nachzu-
spüren? Ich selber lese kaum noch Kriminalromane. Sie sind
mir inzwischen zu grausam geworden. Alles, was mit dem
Tod zu tun hat, schreckt mich ab. Dennoch begann ich, un-
gewollt zu grübeln. Könnte ich morden? Damit wir uns recht
verstehen: Ich meinte nicht diese trivialen Mordgedanken,
die jedem von uns so manches Mal in ohnmächtiger Wut
mit dem gezischten „Den bringe ich um!" durchs Gemüt ja-
gen. Auch nicht die Tötung im Affekt durch ein völlig außer
Kontrolle geratenes Ich. Mir ging es um den gezielten Mord,
der mit kaltem oder heißem Herzen und mit dem absoluten,
unumstößlichen Willen, ein anderes Leben auszulöschen,
begangen wird, so wie man einen Schädling im Haus oder
im Garten tötet. Das Thema fing an, mich zu interessieren
und forderte, da ich von Berufs wegen zu analytischem Denken erzogen bin, meinen Intellekt heraus. Ich beschloss, dem
Gedankenkonstrukt „Mord als intellektuelle Herausforde-
rung" auf den Grund zu gehen.

Ich bezahlte meine Zeche, holte an der Uferstraße meinen
Wagen, den ich dort abgestellt hatte, um meine kleine Flucht
vor Mutter zu verbergen, und fuhr hinaus nach Spiegelslust,
um bei einem ausgedehnten Spaziergang das Thema zu analy-
sieren. Zunächst war das Wer und Wie zu klären. Das Wo
und Wann würde sich dann von alleine ergeben, wäre sozusagen situativ.

Das Opfer durfte nicht mit mir bekannt sein. Denn
zwangsläufig würde die Polizei in dessen Umgebung als ers-
tes nachforschen. Ferner sollte die Person nicht so kräftig
sein, dass sie mir zur Gefahr werden könnte. Ein Mann wäre folglich weniger geeignet. Kinder oder Jugendliche kamen
nicht in Betracht, auch wenn letztere mich mit ihrem lauten,

aufdringlichen Gehabe zunehmend nervten. Ich hätte es als „unsportlich" angesehen, mich an noch unfertigen Menschen zu vergreifen. Gleiches galt für Behinderte und Kranke. Nein, es musste jemand inmitten seines blühenden Lebens sein, den ich zwar nicht hasste, dem ich aber eine tiefe Abneigung entgegenbringen würde und für dessen Beseitigung ich mich nicht vor mir selbst rechtfertigen musste.

Die Einsamkeit der Waldwege erwies sich bei der Suche nach dem Wer als hinderlich. Vogelgezwitscher, flirrendes Sonnenlicht und lange Spaziergänge vertragen sich eben nicht mit Mordgedanken. Ich musste unter Menschen, um im Gewimmel der Stadt Aversionen aufzubauen, die mir eine engere Wahl ermöglichen sollten. Ich fuhr zurück zur Innenstadt und ergatterte noch den letzten Parkplatz im Parkhaus Lahn-Center. Sodann lief ich ziellos durch die Gassen, betrachtete intensiv die Passanten, konnte allerdings keine Entscheidung treffen. Ich merkte jedoch, dass mir die Problemstellung unter die Haut ging und mich tief beunruhigte. Ich wurde nervös. Um mich abzureagieren, ging ich zum Cineplex und schaute mir einen verzichtbaren, nichtssagenden Film an. Irgendwie musste ich ja auch meine Zeit totschlagen, da ich nicht früher als üblich nach Hause kommen durfte. Das hätte Mutter zu inquisitorischen Fragen verleitet und ohne Not mochte ich sie nicht belügen. Der Tag verging quälend langsam. Der Film hatte sich durch seine Belanglosigkeit als eine wohltuende Ablenkung erwiesen; dennoch rumorten die Gedanken weiter. Sie waren vom Kopf in die Umgebung des Magens abgestiegen und verursachten dort eine leichte Übelkeit. Ich verbot ihnen rigoros, sich wieder meines Kopfes zu bemächtigen, und machte mich auf den Heimweg.

Mutter empfing mich wie üblich mit Überschwänglichkeit und einer alles erstickenden Liebe. Pausenlos plappernd erzählte sie von ihrem ereignislosen Tag und welche Mühen es ihr bereitet habe, für ihren Sohn ein schmackhaftes Abendessen zu zaubern, das er jetzt – husch, husch, husch – zu sich nehmen müsse, damit man zusammen auf dem Zweiersofa gemütlich das abendliche Fernsehprogramm genießen könne, sie selbst habe leider gar keinen Appetit, weil sie bereits beim Kochen genascht habe, würde sich allerdings zu mir setzen, um zuzuschauen, wie es mir munde. Was sie auch tat, wobei sie mir ständig über die Haare strich und meine Wange streichelte und mich immer wieder beteuern ließ, wie köstlich ihr Mahl schmecke. Mein Magen begann zu revoltieren.

Auch die anschließende kuschelige Zweisamkeit auf dem Sofa, die ich sonst genoss, war mir an diesem Abend zuwider. Mutter bemerkte natürlich meine Abneigung und fragte wiederholt, was denn vorgefallen sei. Ich sei heute so anders und gar nicht ihr lieber Junge. Meinen Beteuerungen, alles sei so wie immer, begegnete sie mit unverhohlenem Misstrauen. Als Mutter bereits im Bett lag, sagte ich ihr Gute Nacht. So leicht kam ich ihr jedoch nicht davon. Sie klopfte befehlend auf die leere Seite ihres Doppelbetts, eine sehr deutliche Aufforderung, mich dort hinzulegen und ihr nun endlich zu beichten, was mich bedrückte. Ich erfand schnell eine Auseinandersetzung am Arbeitsplatz, die mich tief verärgert und in mir auch berufliche Ängste ausgelöst hätte. Mutter seufzte erleichtert auf. Sie hatte eine Frau im Verdacht. Sie wälzte sich zu mir herüber. „Denk dran", flüsterte sie, Wange an Wange, mir ins Ohr und streichelte dabei meinen Kopf, „niemand kennt dich so gut wie ich und niemand wird für dich

auch so sorgen, wie ich es tue. Du weißt, wo du hingehörst."
Mutters Angebot, heute Nacht neben ihr zu schlafen, was, wie so oft, einen sehr beruhigenden Einfluss auf mich haben würde, erwies sich tatsächlich als die richtige Medizin, um meine schwarzen Gedanken zu verbannen.

Wie erhofft, hatte die Nacht den vorangegangenen Tag weitgehend verdrängt. Das, was ich gestern gedacht hatte, erschien mir im neuen Tageslicht nicht nur unwirklich, sondern sogar als ein krankhaftes Phantasiegebilde. Ich schüttelte über mich selbst den Kopf und verließ, ohne zu frühstücken und bevor Mutter aus ihrem röchelnden Schlaf erwachte, das Haus. Auf der Arbeitsstelle musste ich einen ziemlich elenden Eindruck gemacht haben. Zumindest bemühten sich alle Kollegen rührend um mich. Bei den Damen allerdings fuhr ich meine Stacheln aus. Ich hatte sie allesamt im Verdacht, dass ihnen mein Junggesellenstatus ein Dorn im Auge war und ihre Umgarnungsversuche in erster Linie meiner Vermögenssituation galten. Gehörte doch nach dem Tode meines Vaters vor zehn Jahren mir und meiner Mutter diese prachtvolle Villa aus der Gründerzeit in der Lutherstraße, die wir völlig allein bewohnten. Auch die hinterlassenen Bankkonten meines Vaters waren durchaus beachtlich, so dass ich eigentlich gar nicht arbeiten musste. Möglicherweise war es eine von Mutters großen Sorgen, eine Frau könnte sich meiner bemächtigen, nur um unser Vermögen zu plündern. Dabei lag mir nichts ferner als Frauen. Schon während der Schulzeit hatten sich Probleme mit den Mädchen eingestellt. Ich war ihnen offenbar zu wenig attraktiv und mein leichtes Stottern war Anlass für Spott, Häme und Ausgrenzung. Sprach mich eine an, konnte ich den Blick nicht aufheben, konnte nur noch flüstern und wurde puterrot im Gesicht. Die Mädchen machten sich einen Spaß daraus, meinen Kopf anzuzünden. Als während meiner Gymnasialzeit diese Hänseleien eine stark sexuelle und zotige Färbung annahmen, zog ich mich noch weiter zurück und vermied jeglichen Kontakt mit dem weiblichen Geschlecht. Ich schmiedete mir einen Panzer aus Abneigung und pauschalisierenden Vorurteilen, die von Mutter innigst unterstützt wurden. Soweit ich als Erwachsener mit Frauen rein beruflich zu tun hatte, begegnete ich ihnen mit Respekt und Kollegialität. Doch sobald die Kontakte die private Sphäre zu berühren drohten oder sie mir körperlich zu nahe kamen, stieg mir die Hitze ins Gesicht. Ich fing wieder an zu stottern, bekam Schweißausbrüche und suchte nach Fluchtmöglichkeiten. Waren mir diese verbaut, wurde ich aggressiv und sogar beleidigend. Die Frauen zogen sich dann in der Regel tief verletzt zurück, was von mir mit großer Erleichterung quittiert wurde.

Zum Glück hatte ich so viel zu tun, dass ich nicht über das in mir schlummernde Problem nachdenken konnte. Das erwachte erst nach Dienstschluss, als ich durch die Innenstadt schlenderte, um in der Nähe des Rathauses einen Aperitif zu mir zu nehmen, was ich ab und zu als Besiegelung des Arbeitstages tat. Die Bedienung war sehr offenherzig gekleidet und bot ihre Reize herausfordernd dar, als sie sich beim Servieren des Camparis besonders tief vornüber beugte. Eine heiße Welle schwappte durch meinen Körper, die ich mit spontanen Hassgefühlen zu bekämpfen versuchte. „Schlampe!", hätte ich am liebsten gebrüllt: „Elendes Miststück!" Ich schmiss ihr ausreichend Geld hin und stürzte aus dem Lokal, ohne den Campari getrunken zu haben.

Keuchend lehnte ich mich an eine Hauswand und wischte mir den Schweiß von der Stirn. Ich taumelte nahezu blind für meine Umgebung durch die Gassen, bis ich den Platz an der Pfarrkirche St. Marien erreicht hatte. Dort setzte ich mich auf eine Bank und versuchte, mich zu beruhigen. Wie schwere, rostige Zahnräder drehten sich meine Gedanken rumpelnd und knirschend unaufhörlich um das gleiche Thema. Vergeblich bemühte ich mich um Einhalt und Selbstdisziplin. Der Opfer fordernde Drache meines seit Kindheitstagen gequälten Ichs war geweckt: Ich hatte beschlossen, zu töten. Ein zunächst rein intellektuelles Gedankenspiel hatte anfänglich nur an der Oberfläche meiner Psyche gekratzt, war aber innerhalb weniger Stunden zu einer Obsession geworden, aus der ich mich nicht mehr befreien konnte. Meine Abneigung gegen Frauen war nicht nur eine vorübergehende Abwehrhaltung, sondern entsprang offenbar einem tief sitzenden Hass. Mutter hatte ja so recht: Sie waren nichts wert. Ja, eine Frau würde ich töten. Eine Frau stellvertretend für alle Frauen. Mutter würde es nicht nur verstehen, sie würde es sogar billigen. Ich würde nicht nur meinetwegen morden, sondern auch in ihrem Namen. Die Erleichterung, die ich daraufhin empfand, traf mich wie ein Schock. Ich hatte mich entschieden und mich damit zu meinem Hass bekannt. Mein Innerstes bejahte nicht nur das, was ich vorhatte, sondern ich fühlte mich geradezu berechtigt.

Zu Hause wurde ich von Mutter mit ausgebreiteten Armen empfangen. Sie hatte immer schon ein sehr feines Gespür für meine Seelenqualen und wollte sie jetzt durch eine Sonderportion Zärtlichkeit lindern. Ich ließ sie gewähren. Das war für mich weniger aufreibend, als wenn ich mich gesträubt hätte. Der Abend verlief überaus harmonisch und ermöglichte mir, da sich Mutter erfreulich früh in ihr Schlafzimmer zurückzog, genügend unbehelligte Zeit für weitere Überlegungen.

Für welche Tötungsmethode sollte ich mich entscheiden? Ich begann, sie aufzuzählen: Gift, Messer, Pistole, Erwürgen, Erschlagen, Ertränken, Unfall. Ich bin ein Ästhet, und wenn ich schon mordete, dann sollte diese Tat auch stilvoll begangen werden.

Gift kam für mich aus mehreren Gründen nicht in Betracht. Ich bin kein Chemiker und kann daher nur schwer beurteilen, welche Gifte absolut tödlich sind. Erschwerend kommt hinzu, dass die Wirkungsweise von der Menge und der Applikation abhängig ist. Nicht auszudenken, wenn sich das Opfer bei unzureichender Giftmenge über längere Zeit in qualvollen Schmerzen winden, sich womöglich noch entleeren würde, um am Ende dann doch nicht zu sterben, aber für immer schwer geschädigt zu sein. Woher auch sollte ich wirkungsvolle Gifte bekommen? Zyankali ist so ein in der einschlägigen Literatur häufig zitiertes Gift. Haben Sie schon mal versucht, Zyankali zu kaufen? Geht man da in die nächstbeste Apotheke und fordert forsch: „Ich hätte gerne ein Fläschchen Zyankali!"? Weniger spektakuläre Gifte, man denke an Cumarin für Ratten oder aus der freien Natur an Aconitum, wirken nicht sofort, sondern über einen verzögerten Zeitraum, ohne dass man hinsichtlich des letalen Ausgangs sicher sein könnte. Zwar hasse ich Frauen, wollte sie jedoch nicht leiden sehen. Alles sollte schnell und möglichst sauber vonstattengehen. Wie könnte ich auch eine mir wildfremde Frau dazu bewegen, Gift in ausreichender Menge zu sich zu nehmen? Sollte ich mich in einer Bar neben sie schleichen, ihr das Gift in einen Ginfizz träufeln, um dann, von einer Nische aus, die Wirkung zu beobachten? Nein, das alles waren irreale Vorstellungen. Gift war somit keine Option.

Ebenso unappetitlich war für mich auch die Messervariante. Ein zweckdienliches Messer zu besorgen, stellte kein Problem dar. Jedes Haushaltswarengeschäft führt sie in jeglicher Form. Die Vorstellung jedoch, eine lange Klinge in den Körper einer Frau zu stoßen, um dann von dem hervorschießenden Blut besudelt zu werden, ließ mich diesen Gedanken erschrocken fallen. Außerdem bin ich anatomisch völlig unerfahren und weiß nicht, wo und wie oft ich zustechen muss. Hört man nicht immer wieder von fehlgeschlagenen Morden, weil die Messerklinge von einem Knochen abgelenkt wurde und die Verletzungen deshalb nicht tödlich waren? Ich wollte kein rasender Killer sein, der sein Opfer am Schreien hindert und dann, um sicherzugehen, unzählige Male die Messerklinge in den Körper rammt. Ein Messer schied somit ebenfalls aus.

Die Unfallvariante kam gleichfalls nicht in Betracht. Unfall reimt sich auf Zufall. Und der Zufall will es, dass das Opfer lediglich verletzt ist oder gar mit dem Schrecken davonkommt.

Damit war ich bei der Pistole, von Anfang an mein geheimer Favorit. Aus sicherer Distanz, ohne mit dem Opfer in Kontakt treten zu müssen, würde ich töten können. Kurz und unauffällig, sozusagen im Vorübergehen. Die Frau wäre schon tot, bevor sie realisiert hätte, was ihr zugestoßen ist. Blut flösse erst, wenn ich es nicht mehr sehen könnte, und Schussgeräusche konnte man durch einen Schalldämpfer minimieren. Doch woher sollte ich eine Pistole oder einen Revolver bekommen? Das Beschaffungsproblem stellte tatsächlich eine besondere Hürde dar. Ich beschloss, mir am morgigen Tag den Nachmittag freizunehmen, um nach Frankfurt zu fahren.

Diese Nacht war für mich keineswegs erholsam. Ich wälzte mich unruhig im Bett hin und her, hatte Alpträume und fiel immer nur für kurze Zeitabschnitte in einen seichten Schlaf, aus dem ich dann schweißgebadet wieder aufschreckte. Gegen Morgen suchte ich die Nähe von Mutter, die mich in ihre weichen Arme nahm, was mir wenigstens zwei Stunden Tiefschlaf bescherte. Auf der Arbeitsstelle rief mein offenbar fürchterliches Aussehen Mitleid hervor, weshalb ich nach der Mittagspause bereitwilligst nach Hause entlassen wurde. Ich solle mich mal richtig auskurieren, wurde mir auf den Weg gegeben. Stattdessen fuhr ich mit dem Regionalexpress nach Frankfurt. Ich hatte absolut keine Ahnung, wie ich es bewerkstelligen sollte, an eine Waffe zu kommen. Frankfurt erschien mir dafür als der geeignete Sündenpfuhl; denn konnte man nicht immer wieder hören und lesen, dass dort im Rotlichtviertel auch mit Waffen gehandelt wird?

In Frankfurt angekommen, stand ich etwas ratlos auf der Kaiserstraße und war unschlüssig, in welchem Etablissement ich den ersten Versuch wagen sollte. Ich bog in die Moselstraße ein und betrat mutig gleich die erste Striptease-Bar. Das primitive Animationsgebrüll des Türstehers missachtend, ging ich direkt zur Theke und bestellte ein Bier. Die Damen, die sich von rechts und links lasziv heranschlichen, verscheuchte ich mit einer klaren Absage. Ich winkte den Barkeeper zu mir heran, schob ihm einen Zwanzigeuroschein zu und fragte ihn rundheraus, ob ich hier eine Waffe kaufen könne. Statt mir zu antworten, rief er den bulligen Türsteher, der mir den linken Arm schmerzhaft auf den Rücken drehte und mich mit einem geknurrten „Hau ja ab!" zur Tür rauswarf. Gut, sagte ich mir, das musst du anders angehen. In einer Bar in der Elbestraße fragte ich den Barkeeper ganz lässig, wie viel denn, so ganz hypothetisch, eine Pistole kosten würde. Der Mann hinter der Theke schaute mich mit hochgezogenen Augenbrauen an und fragte, woher ich denn käme. Naiv und überrumpelt antwortete ich: „Aus Marburg." – „Für Marburger kostet so ein Ballermann mindestens 20.000 Euro!", antwortete er und lachte keuchend. Auf mein ungläubiges Nachfragen fauchte er nur: „Mach, dass du rauskommst, du Anfänger!" Und wieder trat so ein Muskelmann in Aktion.

Das alles klingt lustiger, als es war. Mein Frankfurt-Trip war von Angst begleitet, da ich mich mit der aktiven Suche nach einer verbotenen Waffe womöglich bereits strafbar gemacht hatte. Ich wagte gar nicht, zu Ende zu denken, was hätte passieren können, wenn einer der Barkeeper die Polizei benachrichtigt und diese mich verhaftet hätte, die Waffensuche damit meinem Arbeitgeber zu Ohren gekommen wäre.

Ich fühlte mich wie ein gedemütigter Narr und musste einsehen, dass die Beschaffung einer Pistole mit größeren Hindernissen verbunden ist, als gemeinhin bekannt. Zudem wurde mir bewusst, dass bereits zwei Personen mein Gesicht bekannt war und zumindest der zweite Barkeeper bei einer Zeitungsmeldung über einen Mord in Marburg sich meiner erinnern würde. Ich gab deshalb den Gedanken an eine Pistole oder einen Revolver auf. Unabhängig davon schlichen sich inzwischen bei mir Zweifel ein, ob ich überhaupt mit so einer Waffe umgehen könnte. Bedingt das denn nicht vorherige Schießübungen? Und wo hätte ich die durchführen sollen? Das Thema „Pistole" war für mich abgehakt.

Als ich unser Haus betrat, fand ich Mutter völlig aufgelöst und in Tränen vor. Wo ich denn gewesen sei, wollte sie wissen. Aus irgendeinem nichtigen Grund hatte sie auf der Arbeitsstelle angerufen und erfahren, dass ich an diesem Nachmittag nicht anwesend war. Gleich vermutete sie das in ihren Augen Schlimmste: Ich hätte mich einer anderen Frau zugewandt und würde sie bald verlassen. Mir fiel auf die Schnelle keine andere Ausrede ein als der Besuch eines Pornokinos, den ich mir in Marburg nicht erlauben könne, weshalb ich nach Frankfurt gefahren sei.

„Mein armer Junge" hauchend überhäufte mich Mutter mit gegurrten Liebkosungen und Umarmungen. Die Erleichterung, die sie empfand, trieb ihr erneut Tränen in die Augen. Den ganzen Abend wich sie mir nicht mehr von der Seite, lamentierte über die Schlechtigkeit von Frauen und betonte immer wieder unsere harmonische Zweierbeziehung. Da solle nur niemand wagen, einen Keil dazwischen zu treiben! Ich tat das meinige, um sie zu beruhigen, was mir im Laufe des Abends auch gelang. Glücklich und mit einem innigen Gutenachtkuss zog sich Mutter dann recht spät in ihr Schlafzimmer zurück.

Auch diese Nacht war für mich weitgehend schlaflos. Meine Zwangsvorstellung, eine Frau töten zu müssen, um damit ein mir selbst gegebenes Versprechen einzulösen, ließ mich mir hinsichtlich der Tötungsmethoden weiterhin das Gehirn zermartern. Gift, Messer, Unfall und Pistole waren bereits ausgeschieden. Jetzt blieb nur noch die eigene Hand. Aber auch dabei gab es Unwägbarkeiten, die wohl bedacht sein mussten. Wie stark muss man mit einem harten Gegenstand – Eisenstange, Hammer oder Stein – zuschlagen, damit man sicher sein kann, getötet zu haben? Auch dabei bestand die Gefahr eines unkontrollierbaren Blutbads. Ich malte mir grauenhafte Blessuren des Opfers aus und schüttelte mich vor Widerwillen. Ertränken kam ebenso wenig in Betracht. Ich hatte ja nicht vor, mit dem Opfer vorher so intim zu werden, dass es in meinem Beisein ein Bad nehmen würde, in dem ich es ertränken könnte. Ich müsste somit die Lahn oder ein anderes Gewässer dafür ausersehen, stellte es mir jedoch extrem schwierig vor, eine erwachsene Frau unter Wasser zu drücken, die sich windend und heftig strampelnd wehren würde, so dass ich selbst dabei in Gefahr geriete, zumindest danach klatschnass wäre. Angesichts der inzwischen stark abgekühlten Jahreszeit mit recht frühen, bereits leicht frostigen Herbstnebeln eine absolut nicht erstrebenswerte Aussicht.

Ich näherte mich gedanklich der letzten Methode, die noch in Betracht kam: Erwürgen. War das nicht ohnehin die einzige, wahrhafte Art, einen Menschen zu töten? Ihn so lange am Atmen zu hindern, bis das Leben aus ihm gewichen ist? So von Angesicht zu Angesicht würde ich es nicht tun wollen. Das sich verzerrende Gesicht und die hervorquellenden Augen könnte ich nicht ertragen. Stattdessen die Frauengestalt von hinten umfassen, mit dem linken Arm ihren Körper an mich fesseln oder sie gegen eine Hauswand pressen, um ihr mit dem rechten Arm den Hals zuzudrücken, das müsste auf zufällige Dritte, selbst wenn sich ihr Körper winden würde, wie ein Liebesakt wirken und wäre vermutlich auch für mich einer. Stark genug fühlte ich mich für diese Tat, vorausgesetzt, die Frau wäre nicht zu groß und kräftig. Ich würde jemand Zierliches auserwählen. Eine leicht sexuelle Erregung machte sich in mir bemerkbar. Ich würde es genießen. Mit dem zufriedenen Gefühl, am Ende meiner Überlegungen angekommen zu sein, schlief ich tief erschöpft ein.

Mutter weckte mich sehr liebevoll am Morgen. Ich fühlte mich wie zerschlagen, so als hätte ich kein Auge zugetan. Dennoch stellte sich, nachdem ich richtig wach war, eine euphorische Stimmung ein. Ich war auf dem richtigen Weg, hatte die Lösung und konnte mich jetzt voll und ganz auf das Wann und Wo konzentrieren. Ich genoss geradezu die Aussicht, diese beiden letzten und endgültigen Handlungen gottgleich selbst bestimmen zu können. Ich war meiner Befreiung bereits recht nahegekommen. Auf der Arbeitsstelle fiel mein ungewöhnlich fröhliches Verhalten auf. Ein Kollege mutmaßte, ich hätte wohl frühmorgens Alkohol zu mir genommen. Ein anderer ulkte, Grund sei eine kräftige Prise „Schwarzer Afghane". Die auf Distanz gehaltenen Damen kicherten im Hintergrund und stellten gewiss wilde Vermutungen an. Mich focht das alles nicht an. Ich fühlte mich übermächtig, unverwundbar und zu allem legitimiert. Ich war alleiniger Herr meiner Entscheidungen und all meines Handelns und Tuns. Ich war Herr über Leben und Tod.

In den nächsten Tagen badete ich regelrecht in dieser Euphorie. Mutter war verwirrt und konnte ihren irrigen Verdacht nicht länger unterdrücken. Ihre Angst, mich an eine andere Frau zu verlieren, beherrschte unser abendliches Beisammensein und ihre Anfälle von verzweifelter, durch Eifersucht entfachter Wut mit gekeiften Vorwürfen und andererseits die sehr weit gehenden Zärtlichkeiten waren nur schwer zu ertragen. Meinen Beteuerungen, ihre Vermutungen seien absurd und völlig unberechtigt, schenkte sie offenbar keinen Glauben mehr. Als ich es dann eines Nachts ablehnte, neben ihr einzuschlafen, brach sie in einen wilden Weinkrampf aus. Ich musste unseren Hausarzt herbeitelefonieren, der ihr eine Spritze verabreichte und ein Rezept für Beruhigungsmittel hinterließ. Dass er ihr diese in den vergangenen Monaten und Jahren in unverständlich großen Mengen wiederholt verschrieben hatte, musste dieser Trottel verdrängt haben. Unser Medikamentenschrank barst förmlich vor Tranquilizern und Barbituraten, die Mutter hütete wie einen Schatz, auch wenn sie nur sehr selten darauf zurückgriff.

Die Probleme mit Mutter hatte ich nicht ausreichend bedacht. Ich würde mein Verhalten ändern müssen, wenn ich zu Hause Ruhe finden wollte. Ich bemühte mich forthin besonders um sie, kam frühestmöglich von der Arbeit zurück und unternahm mit ihr ausgedehnte Wochenendausflüge. Mutter war etwas füllig und sah vielleicht gerade deshalb für ihr Alter noch ausgesprochen gut, ja, erstaunlich attraktiv aus. Sie selbst behauptete immer, wir würden wie ein Ehepaar wirken, mit einem geringfügig jüngeren Ehemann. Anfangs hatte mir dieser Vergleich geschmeichelt. Inzwischen fand ich ihn höchst unpassend. Ich genoss es zwar, ihr verhätschelter Sohn zu sein und lebte meine Pascharolle voll aus, eine eheähnliche Betrachtungsweise hingegen war mir trotz der tolerierten intimen Nähe, wie sie von Mutter stets gesucht wurde, zuwider. Mutters ausgeprägte Sensibilität und starke weibliche Intuition hatten, noch bevor ich es selber bemerkte, längst registriert, dass meine Gefühle für sie seit dem Tötungsbeschluss nicht mehr dieselben waren. Diese Veränderung verstärkte sich in dem Maße, wie mich die geplante Durchführungsmethode zunehmend erregte. Ich würde eine mir völlig fremde Frau eng umfassen und ihr das Intimste, wozu ein Mensch fähig ist, zufügen: Ich würde sie töten mit meinen eigenen Händen. Und mit sonst nichts.

Für Mutter völlig unverständlich und kaum noch erklärbar, es sei denn durch ihren immerwährenden Verdacht, der sich mittlerweile wie ein Krebsgeschwür in ihr breitmachte, verließ ich jetzt abends das Haus, um durch Marburgs Straßen zu streifen. Noch war ich nicht auf der Suche nach einem Opfer, wollte mich aber mit den Örtlichkeiten und mit der Passantenfrequenz in etwas weniger zentralen Stadtbezirken vertraut machen. Das kalte, herbstliche Wetter mit seinen häufigen Nebelschwaden und einer länger anhaltenden Regenperiode dämpfte das Fußgängeraufkommen. Je später der Abend, desto verlassener waren die Gassen. In der Nähe der Lahn, die in den letzten Tagen einen gefährlich hohen Wasserstand erreicht hatte, hielten sich wohl aus Vorsichtsgründen kaum noch Frauen auf und wenn, dann huschten sie ängstlich zu ihren Fahrzeugen oder in einen der nahegelegenen Hauseingänge. Je seltener eine anzutreffen war, umso stärker wurde mein Verlangen. Ich jagte ein sehr scheues und ein sehr exquisites Wild.

Das Nachhausekommen nahm an Dramatik zu, da Mutter in ihrer Ambivalenz hysterisch zwischen verletzenden Verdächtigungen und Zärtlichkeitsattacken, die mir immer ekelhafter wurden, hin und her pendelte. Sie warf sich auf mich, bedeckte mein Gesicht mit Küssen, streichelte meinen Körper und wollte, dass ich die Nacht neben ihr schlafe. Weigerte ich mich, simulierte sie Herzprobleme oder Kreislaufversagen und verlangte nach ihrem Hausarzt, der wiederholt vergebens kam oder sich hilflos zeigte. Diese Auseinandersetzungen dauerten oft bis tief in die Nacht, raubten mir den dringend notwendigen Schlaf und brachten allmählich mein Nerven-kostüm ins Wanken. So konnte es nicht weitergehen.

Ich war bereit. Die häusliche Situation war nicht mehr ertragbar. Als einzigen Ausweg sah ich die Erlösung durch den Mord. Ich verließ das Haus ab jetzt in der festen Absicht, die Tötung bei der ersten sich bietenden Gelegenheit vorzunehmen. Um nicht durch unbequeme Kleidung behindert zu sein, zog ich einen Jogginganzug und Laufschuhe an. Das Gesicht musste und wollte ich nicht verdecken. Eine Kapuze sollte ausreichen, mich ein wenig zu verfremden. So lief ich ergebnislos durch das nächtliche Marburg. Auch die beiden folgenden Nächte vergebens. Entweder waren die Frauen in Begleitung, erschienen mir zu groß und zu kräftig oder der Tatort wäre nicht abgeschieden genug gewesen.

In der vierten Nacht streifte ich durch Randbezirke der Innenstadt: Gutenbergstraße, Liebigstraße, Friedrichstraße und dann auf der Frankfurter Straße wieder zurück Richtung Kernstadt. Das Blut rauschte in meinen Ohren. Ich war nur geballte Wachsamkeit. Die Angst, entdeckt zu werden, ein geeignetes Opfer zu übersehen oder meinen Tötungstrieb nicht befriedigen zu können, ließ mich wie ein jagender Wolf im Schatten der Häuser vorwärtshuschen. Ohne Erfolg, keine unbegleitete, einsame Frau. Als ich die Seitenstraße „Auf der Weide" erreichte, bog ich zur Lahn ab, um mich auf dem jenseitigen Ufer durch einen schnellen Lauf auf dem Trojedamm abzureagieren. Als ich dann jedoch in die Nähe des Lahnstegs kam, sah ich dort eine schmale Frauengestalt am Geländer stehen und versonnen in den dahinströmenden Fluss starren. Nur einen kurzen Augenblick verharrte ich, um mich mit einem raschen Rundumblick zu überzeugen, dass weit und breit kein Mensch zu sehen war.

„Jetzt oder nie!", gellte ein Schrei durch mein Innerstes. Schneller, als die Frau reagieren konnte, trat ich hinter sie, hielt ihr mit der linken Hand den Mund zu, presste ihren Unterkörper gegen das hölzerne Brückengeländer, bog ihren Oberkörper darüber und würgte sie mit dem rechten Arm, den ich mit aller Kraft immer enger anwinkelte. Die Frau versuchte, sich mir zu entwinden. Ihre Arme ruderten wild in der Luft. Ich fing sie mit meinem linken ein und klemmte sie eng an ihren Leib. Nur die Unterschenkel und Füße vermochte sie noch zu bewegen, konnte damit aber nichts ausrichten. Die eher zarten, trommelnden Tritte gegen meine Schienbeine stachelten meine Tötungswut nur noch mehr an. Jetzt erst begann der Tötungsvorgang, mich sexuell zu erregen. Die Konturen ihres Körpers teilten sich dem meinen mit, so dass ich mich noch enger an sie drückte, ja, geradezu an sie schmiegte. Wir wurden eins.

Ich merkte, wie sie erschlaffte und glaubte, den sich bereits verkrampfenden rechten Arm ein wenig lockern zu können. Auch rasselten meine eigenen Lungen, da ich in der Erregung wohl das Atmen vergessen hatte. Ich trat, um Luft holen zu können, nur ein wenig zurück. In diesem Moment wandte sich die Frau schlangengleich um, trat mir zwischen die Beine, umklammerte mich mit beiden Armen und warf sich nach hinten. Wir stürzten gemeinsam über das Geländer, schlugen auf die seitlich am Steg angebrachte Stahlschiene, schrien beide noch einmal vor Schmerzen laut auf und klatschten eng umschlungen in das eiskalte Flusswasser. Dort löste sich die Umklammerung, und ich verlor mein Opfer in der Dunkelheit.

Nach kurzem Kampf mit der Strömung konnte ich mich, keuchend wegen des Kälteschocks und vor Enttäuschung und Schmerzen heulend, aufs Ufer werfen. Nichts war zu hören. Keine Hilferufe, nur das Gurgeln des Flusses. Ich musste dennoch davon ausgehen, dass mein Opfer mit dem Leben davongekommen war. Als ich wieder Atem geschöpft hatte, begab ich mich auf den Heimweg. Bei der jämmerlichen Straßenbeleuchtung und den von mir gesuchten Schatten war mein dreckiger, triefendnasser Zustand vermutlich kaum zu erkennen. Weder Blaulicht blinkte, noch konnte man Sirenen hören. Unbehelligt erreichte ich mein Haus.

Ich werde müde. Unsagbar müde. Das Schreiben fällt mir inzwischen schwer. Doch will ich mein Verhängnis zu Ende erzählen.

Mutter fiel wie eine Furie über mich her, als ich die Haustüre aufschloss und in meinen nassen Kleidern vor ihr stand. Sie schrie und heulte, schlug mit ihren Händen auf mich ein, riss mir mit ihren langen Fingernägeln die Gesichtshaut auf und beschimpfte mich, meinen Vater und die imaginierten Weiber, die ich in ihrer Vorstellung besucht hatte. Sie war durch nichts zu bändigen oder zu beruhigen. Meine eigene Psyche war so durcheinander, dass ich selber nicht mehr wusste, was ich tat. Erst als tiefe Ruhe eingekehrt war, kam ich wieder zu mir und sah, dass ich meine Mutter erwürgt hatte. Leblos lag sie vor mir auf den Fliesen des Eingangsflurs, nur mit einem Negligé bekleidet. Ich wankte ins Wohnzimmer, wo auf dem Tischchen vor dem Zweiersofa ein Kühler mit einem sehr teuren Champagner stand und zwei Kerzen brannten.

Weinend ging ich weiter zum Badezimmer, öffnete den Medikamentenschrank, nahm alle vorhandenen Schlafmittel an mich und legte sie neben dem Champagnerkühler bereit. Dann hob ich Mutter auf und setzte sie auf das Zweiersofa.

Ich ließ mich neben ihr nieder, prostete ihr mit dem Champagner zu und leerte alle Blister, bis ich eine mit Gewissheit letale Dosis eingenommen hatte.

Jetzt sitze ich am Schreibtisch und schreibe mein Geständnis. Mutter klopft mit ihrer Hand, wie sie es häufig tut, fordernd neben sich auf das Sofa. Ja, Mutter, ich komme zu dir.

Gott und die Menschen bitte ich um Vergebung.

Himmelfahrt

Theresa war voller Trauer, sie hasste und sie war wütend. Diese Gefühle gewitterten in ihr, wenn sie an ihren Mann und seine zwei Kumpane denken musste, eine proletenhafte Männerfreundschaft, lautstark, ungehobelt, rücksichtslos, mit Jagdambitionen nicht nur auf Wild, sondern bei jeder sich bietenden Gelegenheit auch auf Frauen. Ihrer Wut konnte sie nur hin und wieder Raum geben, indem sie ihrem Mann ungezügelt die Meinung entgegenbrüllte, was ihn allerdings völlig unbeeindruckt ließ; ihren Hass musste sie jedoch verstecken. Sie wollte ihn zu gegebener Zeit als Waffe einsetzen.

Erneut übermannte Theresa die Trauer. Sie hatte vor wenigen Monaten ihre erwachsene Tochter bei einem Verkehrsunfall auf der Kasseler Straße zwischen Göttingen und Niederwetter verloren. Ihr am Steuer sitzender Mann blieb wie durch ein Wunder unverletzt, aber ihre Tochter auf der Beifahrerseite wurde aus dem Wagen geschleudert, weil sie im Moment des Unfalls den Sicherheitsgurt gelöst hatte, um nach einer auf dem Rücksitz liegenden Tasche zu greifen. Es gab einen Täter, doch gab es kein Gesicht. Der an dem Unfall Schuldige, nach Ansicht der Polizei hatte er ihren Mann bei einem nächtlichen Autorennen von der Straße abgedrängt, so dass sich das Fahrzeug überschlagen hatte und dann gegen einen Baum katapultiert wurde, war bisher nicht gefunden worden, obwohl intensiv nach ihm gefahndet wurde. Sie wollte den Verbrecher leibhaftig vor sich sehen, der ihr diesen unauslöschlichen Schmerz, diese tiefe Verzweiflung zugefügt hatte. In ihrer Hilflosigkeit steigerte sie sich in wachen Nächten in Rachegefühle und malte sich die grausamsten Vergeltungsmaßnahmen aus, die sich dann in der ernüchternden Morgendämmerung als lächerliche Wahnideen selbst zerstörten. Auf der Suche nach einem konkreten Hassobjekt lenkte sie die Wut immer stärker auf ihren Mann. Sie warf ihm vor, ausgerechnet jene Straße genommen zu haben, selbst zu schnell gefahren zu sein oder nicht angehalten zu haben, bis die Tochter die Tasche ergreifen konnte. Um dieses „Hätte" und „Wenn" kreisten ihre Gedanken unaufhörlich, wie ein nicht blockierbares Mahlwerk.

Theresa hatte zunächst versucht, Trost in den Erinnerungsstücken an ihre Tochter zu finden. Sie hatte ihr Zimmer abgeschlossen und niemand außer ihr durfte es betreten. In der Anfangszeit saß sie dort stundenlang und hielt Zwiesprache mit der Toten, wusch deren Wäsche zum wiederholten Male, obwohl die sauber war, reinigte fast täglich den Raum, füllte die Vase mit frischen Blumen, deckte abends das Bett auf und verhielt sich so, als würde ihre Tochter jeden Moment zurückkommen. Im Verlauf der Tage, Wochen, Monate aber hatte sie das Unabänderliche dann doch akzeptiert und sich wieder dem eigenen, täglichen Leben zugewandt. Theresa zwang sich, andere Interessen häppchenweise zu sich zu nehmen. Sie besuchte Ausstellungen, ging ins Kino, machte kleine Ausflüge in die Umgebung – alles alleine und ohne ihren Mann, jedoch zusammen mit ihrer Tochter, die sie in stetiger Zwiesprache um Meinungen und Kommentare bat, deren Rat sie verlangte und mit der sie bei unterschiedlichen Ansichten durchaus auch ein wenig zankte. Die Verstorbene wurde zum Alter Ego, mit dem sie ihre bisher verborgen gehaltenen Gedanken austauschte – ja, dem sie bisher nie Gedachtes offenbarte und das aus ihrer inneren Tiefe Empfindungen hervorholte, über die sich

Theresa bisher nicht bewusst gewesen war. Die Tochter wurde so zu ihrer ständigen Begleiterin, gab ihr Kraft und spendete ihr Trost, forderte sie gleichwohl und trieb sie an.

Theresas Mann hatte zwar auch getrauert, aber offensichtlich recht kurz. Er hatte sich, was typisch für ihn war, zunächst in eine dumpfe Apathie zurückgezogen, dann wie ein Berserker in seine Arbeit gestürzt, was nur kurz wie ein Strohfeuer aufloderte, um daraufhin – ausdauernder und zerstörender – mit seinen beiden Freunden in Marburg von Kneipe zu Kneipe zu ziehen, was, in Theresas Augen noch verwerflicher, in Männerabenden, wie er es nannte, immer häufiger in einer völlig abseits gelegenen Jagdhütte zwischen Haina und Hundsdorf endete. Diese Hütte war nur fußläufig über einen fast zugewachsenen, nach längeren Regenzeiten unpassierbaren Waldweg erreichbar und ohne Wasser und Strom. Der wurde mit einem kleinen Dieselgenerator erzeugt. Wenn einer das Bedürfnis haben sollte, sich zu waschen, so diente dafür ein kleiner, aufgestauter Bachlauf hinter dem Gebäude. Bezeichnenderweise lag das tief abgesenkte Waldstück in einem Funkloch, so dass man dort von der Außenwelt völlig abgeschnitten war. Sie selbst war nur einmal in der vermodert wirkenden Hütte gewesen, die aus einem etwas größeren Wohnraum mit Kohleherd und zwei Schlafräumen mit jeweils zwei Betten bestand. Angeekelt erinnerte sie sich an diesen Dreckstall, in dem sich niemand auch nur die geringste Mühe gemacht hatte, Spuren von Sauforgien zu beseitigen. Ihr Mann hatte für seine Clique wundervoll charaktertypisch bemerkt, dass die Hütte deshalb so beliebt sei, weil man dort so richtig die Sau rauslassen dürfe, ohne dass dies jemand mitbekomme oder mittels Handyanrufen stören könne. Dafür nahmen die drei jede Unbequemlichkeit gerne in Kauf. Ihre Fahrzeuge mussten sie etwa drei Kilometer entfernt von der Hütte parken und Lebensmittel, meist ging es um Alkoholvorräte, mühsam im Rucksack hintragen.

In diese Waldeinsamkeit zog sich ihr Mann immer häufiger zurück. Mal mit, mal ohne seine Kumpane. Fassungslos und ohne jede Kraft, damit fertig zu werden, hatte sie mit ansehen müssen, wie ihr Mann auf eine primitive Art verrohte, gerade noch seiner Arbeit in der Darlehensabteilung eines Marburger Kreditinstitutes nachging, sonst aber nur noch Alkohol und angebliche Jagdausflüge im Kopf hatte. Der Hass überrollte sie wie eine heiße Woge. Zwar hatte sie sich zunächst eingeredet, die Veränderung ihres Mannes hinge mit dem Tod der Tochter zusammen und es sei eben seine Art, mit dem Verlust und der Trauer fertig zu werden. Inzwischen sah sie den wirklichen Grund in der Ekel erregenden Kumpanei. Denn jeder dieses unglückseligen Kleeblatts war auf seine Weise eine seelisch und moralisch verkrachte Existenz. Der eine, ein ehemaliger Bauunternehmer, war bereits mit dem Gesetz wegen betrügerischen Konkurses in Konflikt geraten, hatte dennoch genügend Geld beiseite geschafft, um seinen lockeren Lebenswandel zu finanzieren. Der andere, ein Stadtrat, tobte seinen Johannistrieb mit einem fast vierzig Jahre jüngeren Teenager aus. Seine beiden fast gleichaltrigen Kinder und die Ehefrau hatte er dabei mit einer brutalen Gleichgültigkeit ausgeblendet und dem allgemeinen Spott preisgegeben.

So recht grün waren sich die drei trotzdem nicht. Es hatte im Laufe der Jahre einige Kränkungen gegeben, die weiter schwelten. So hatte ihr Mann dem Bauunternehmer in seiner schwierigsten Phase einen rettenden Kredit verweigert. Vermutlich zu Recht, aber das hatte die Existenz des Unternehmens gekostet und einen unauslöschbaren Groll hinterlassen. Der triebhafte Stadtrat hingegen hatte einige Amtsverfehlungen begangen, die allerdings bisher noch nicht aufgedeckt worden waren. Das nahmen die beiden anderen immer wieder zum Anlass, ihn zu erpressen. Die unmoralische Klammer, von der die drei Männer zusammengehalten wurden, waren ihre alkoholisierten Jagdausflüge und lichtscheuen Männerwochenenden in der Waldhütte. Fern jeglicher Zivilisation, unerreichbar.

Nein, diese drei waren eine absolut nichtswürdige Gesellschaft. Ihr Mann beschmutzte zudem durch sein Verhalten und eine zunehmende Verwahrlosung das Andenken an ihre Tochter. Theresas Abneigung und Ekel steigerten sich zu einem abgrundtiefen Hass. Sie wusste um diese Veränderung ihrer eigenen Psyche und versuchte sich dagegen zu wehren, indem sie äußerst gewissenhaft ihre häuslichen Pflichten erfüllte, das Haus in Ordnung hielt, kochte und wusch, sich den turnusmäßigen Verwandtenbesuchen nicht entzog und auch ihren eigenen Freundeskreis weiterhin pflegte. Doch all das blieb an einer freundlich wirkenden Oberfläche, war nur noch äußere Hülle und verbarg das darunterliegende Gefühlsleben. Gründe genug, weshalb sich Theresa betont den schönen Dingen zuwandte, wozu ihr insbesondere der Garten und der Umgang mit zerbrechlichen Gewächsen, zarten Düften und sanften Farbtönen dienten. Das sollte sie, zusammen mit den anderen Aktivitäten vor einem Abgleiten in finstere Seelentiefen bewahren. So hoffte sie.

Bei einem Bummel durch Marburg betrat sie ein Antiquariat, um vornehmlich nach bebilderten, historischen Gartenbüchern zu stöbern. Sie fand ein hübsches Büchlein im

Quartformat, in dem einheimische Giftpflanzen beschrieben wurden, die von der Verfasserin mit detailgenauen, kolorierten Zeichnungen veranschaulicht worden waren. Etliche der darin aufgeführten Pflanzen wuchsen üblicherweise in Ziergärten, so auch in ihrem. Von einigen war ihr neu, dass sie giftig sind. Und geradezu erschrocken war sie über den Giftgehalt von Eisenhut, der im Frühsommer und Herbst ihren Garten mit seinem leuchtenden Blau schmückte, und von dem Gefleckten Schierling und dem ähnlichen Wasserschierling, den sie in den Lahnauen gesehen zu haben glaubte. Es schauderte Theresa nachträglich, als sie daran dachte, wie sie die Dolden dieser tödlichen Gewächse bei ihren Spaziergängen gestreichelt und für Trockenblumensträuße sogar gepflückt hatte.

„Du solltest es kaufen", hörte sie ihre Tochter flüstern.

„Du hast recht", antwortete Theresa, „es ist ein ausgesprochen interessantes und schön gestaltetes Büchlein."

„Lass es aber zu Hause nicht herumliegen", riet die Tochter mit lachender Stimme. „Deine Kenntnisse über den Schierling solltest du vertiefen. Natürlich aus rein botanischem Interesse."

„Das werde ich", sagte Theresa. „Gleich zu Hause werde ich im Internet surfen."

„Sei nicht dumm, Mutter", widersprach die Tochter. „Das lässt sich doch zurückverfolgen. Geh lieber in die Stadtbücherei!"

Theresas Herzschlag stolperte. Ängstlich schaute sie sich in der Buchhandlung um, weil sie nicht wusste, ob sie mit ihrer Tochter laut gesprochen hatte. Doch niemand beachtete sie. Eine junge Aushilfsverkäuferin, die völlig desinteressiert war an dem, was diese Kundin erstanden hatte, kassierte, gelangweilt einen Kaugummi kauend, den moderaten Kaufpreis, so dass Theresa sicher sein konnte. Niemand hatte ihren Kauf bewusst wahrgenommen.

Auf der Gasse steuerte sie das nächste Straßencafé an, um sich erst einmal zu beruhigen. Sie bestellte einen grünen Tee und begann erneut in dem Giftbüchlein zu blättern.

„Warum nur habe ich dieses Buch gekauft?", fragte sie sich.

„Das erstaunt dich doch nicht wirklich!", neckte ihre Tochter. „Ist nicht Gift die bevorzugte Beseitigungsmethode von Frauen?"

„Du sprichst von Mord?!", rief Theresa erschrocken.

„Nein, sei etwas genauer in deiner Wortwahl", kritisierte die Tochter sanft. „Mord geschieht aus niedrigen Motiven. Deine hingegen sind nicht niedrig, sondern ein Dienst an der Allgemeinheit."

„Was sagst du da? Was willst du mir einreden!?", empörte sich Theresa.

„Als wenn du das nicht selber wüsstest!", wisperte die Stimme. „In letzter Zeit hast du an nichts anderes gedacht, aber diese Gedanken keine konkrete Gestalt annehmen lassen. Sei mutig, ich begleite dich!"

Verwirrt und mit hochrotem Gesicht, was die Bedienung zu der Frage veranlasste, ob es ihr gut gehe, bezahlte Theresa und machte sich auf den Weg zur Stadtbücherei. Sie fragte eine Bibliothekarin lediglich nach der botanischen Abteilung. Dort würde sie sich schon alleine zurechtfinden. Nach nur kurzem Suchen fand sie mehrere Abhandlungen über Schierling, die bedauerlicherweise alle in ihren Ausführungen über die Giftigkeit und deren etwaige Tödlichkeit nicht eindeutig waren. Sie ließ sich zuletzt aber in ihrer Entscheidung von der Aussage lenken, dass „2–3 g der Wurzeln genügen, um einen Menschen zu töten, das Gift zeigt nach 20 Minuten seine erste Wirkung. Der Tode erfolgt durch Atemlähmung und kann bereits nach einer Stunde eintreten." Ja, der Schierling sollte und würde es sein. Auf sein Gift würde sie vertrauen. Um die Gesundheit der Säuferclique stand es ohnehin nicht zum Besten; somit musste nur noch über das Wann und Wie entschieden werden.

Seltsam erleichtert, ja, fast heiter verließ Theresa die Bücherei. Sie war hoffnungsfroh, dass eine höhere Fügung (oder etwa ihre Tochter?) ihr die Gelegenheit zur Tat verschaffen würde.

Theresas Zuversicht wurde schneller belohnt, als sie zu hoffen wagte.

Christi Himmelfahrt stand vor der Tür und ihr Mann verkündete, er und seine Freunde wollten ein fröhliches Wochenende in der Jagdhütte verbringen. Theresa möge doch so gut sein und für den Vatertag eine Mahlzeit kochen, die sie mitnehmen könnten. Für die anderen Tage würden sie selber sorgen. Da er schlecht um etwas bitten konnte, hatte er als kleines Dankeschön im Voraus ein Blumensträußchen mitgebracht.

„Aber es sollte schon etwas weniger Abgedroschenes sein, nicht so das Übliche", murmelte er etwas pampig im Hinausgehen.

Theresa versprach, sich etwas einfallen zu lassen.

„Na, siehst du", meldete sich ihre Tochter zu Wort. „Hier bietet sich doch eine wunderbare Gelegenheit!"

„Die sehe ich nicht", seufzte Theresa.

„Nun denk mal nicht so langsam!", wurde die Tochter energisch. „Du machst selbstverständlich Tafelspitz mit Grüner Soße!"

„Und was soll das für eine Gelegenheit bieten?", fragte Theresa.

„Nun, in die Grüne Soße kannst du den Schierling mischen", zischte ihre Tochter.

„Aber das fällt dann auf mich zurück", ängstigte sich Theresa.

„Ach was!", beruhigte die Stimme. „Du musst die Bande nur dazu bringen, dass jeder mit ein paar selbstgesammelten Wildkräutern zu dieser Soße beiträgt. Verkauf ihnen das als ein hübsches Frühlingsspiel. Sie werden begeistert mitmachen."

Im Beisein auch anderer Ehepaare, Zeugen waren unverzichtbar wichtig, unterbreitete Theresa den Vorschlag, für den Vatertag eine Grüne Soße zuzubereiten, was zunächst auf Zurückhaltung stieß. Zwar aßen alle dieses Frühlingsgericht ausgesprochen gerne, doch hielt man die Speise angesichts der bevorstehenden Sause, über die bereits anzügliche Witze gerissen wurden, für zu wenig männlich. Als Theresa aber den großen Tafelspitz herausstellte, hellten sich die Mienen der drei Männer auf. Auch die Idee, jeder der drei solle ein wenig zur Soße beisteuern, sorgte für allgemeine Heiterkeit, und die ebenfalls anwesende Ehefrau des Stadtrates meinte, ihr Mann könne doch noch nicht einmal ein Gänseblümchen von einer Distel unterscheiden. Nach einem fröhlichen Hin und Her war offensichtlich, dass die Bruderschaft Theresa eher einen Gefallen tun und kein Spielverderber sein wollte, als dem Vorschlag aus wirklichem Interesse zu folgen. Sie vereinbarten, die Kräuter am Tag vor Himmelfahrt vorbeizubringen.

Selten hatte Theresa mit so viel Hingabe ein Gericht zubereitet. Jeder ihrer Schritte war von großer Sorgfalt begleitet. In mehreren Metzgereien ließ sie sich einen Tafelspitz zeigen, bevor sie ein besonders prächtiges Exemplar auswählte. Erst stellte sie eine Knochenbrühe her, die sie mild mit Lorbeer, Wacholder, gerösteter Zwiebel, Liebstöckel und Sellerie würzte. In diese köchelnde Brühe ließ sie sanft den Tafelspitz gleiten, um ihn nach wenigen Minuten von der heißen Herdplatte zu nehmen, damit das Fleisch in den nächsten sechs Stunden im Backofen bei Niedrigtemperatur garziehen konnte.

Die Wartezeit nutzte Theresa, um mit dem Rad an die Lahn zu fahren, wo sie sich bei mehreren Spaziergängen die Standorte der beiden Schierlingsarten gemerkt hatte. Auf den Gepäckträger hatte sie einen kleinen Handspaten und mehrere Plastiktüten geklemmt. Das Ausgraben der Wurzel eines Wasserschierlings würde nicht ganz einfach sein, aber sie fühlte sich beflügelt und motiviert. Um nur ja keine Spuren zu hinterlassen und nicht mit dem Gift selbst in Berührung zu kommen, trug sie Einmalhandschuhe. Den Spaten würde sie anschließend in die Lahn werfen.

An einer feuchten Uferstelle standen etliche Stauden. Dank des sumpfigen Bodens ging das Ausgraben viel leichter vonstatten, als sie erwartet hatte. Von dieser Schierlingsart nahm sie nur die rübenähnliche Wurzel, die man als botanischer Laie durchaus mit einer Petersilienwurzel verwechseln konnte, und verpackte sie in eine der Plastiktaschen. Auf dem Weg zurück fand sie, wie erwartet, am Rande eines alten Schuttplatzes den Gefleckten Schierling, von dem sie Stängel und Blätter einsammelte, die sie in die andere Tragetasche tat. Mit der tödlichen Ernte radelte sie leichten Herzens und in Vorfreude auf ihr weiteres Tun nach Hause.

Mit einem Pürierstab bereitete sie aus viel Joghurt, saurer Sahne und den auf dem Markt erstandenen Kräutern eine wundervoll duftende Soße. Dass in ihr die Schierlingsernte aufgegangen war, sah man der Köstlichkeit nicht an. Bedauerlicherweise musste Theresa sich das Abschmecken versagen und fügte nach Gutdünken etwas Senf und Zitronensaft hinzu. Zwei Kaffeelöffel Zucker gaben dem Gericht noch den letzten, geschmacksverfeinernden Pfiff. Von dem gesammelten Schierling bewahrte Theresa ein paar Blättchen und einige kleine Wurzelstücke auf, die sie in eine der Plastiktüten zurücktat und in der Besenkammer versteckte.

Im Verlauf des weiteren Tages trafen die Freunde ein und jeder brachte ein kleines Bündel Kräuter mit. Theresa bat den Stadtrat darum, seine Ernte doch bitte in den Gefrierbeutel zu stecken, den sie ihm mit ihrer behandschuhten Hand reichte. Der Stadtrat tat, wie ihm geheißen. Morgen früh würde das Kleeblatt aufbrechen und die allseits bewunderte und gelobte Grüne Soße samt zartem Tafelspitz mitnehmen.

Schnell pürierte Theresa die mitgebrachten Kräuter und mischte sie unter. In den vom Stadtrat befüllten Gefrierbeutel legte sie ein paar Schierlingsblätter und Wurzelstücke. Sie achtete sorgsam darauf, die Fingerabdrücke des Stadtrates nicht zu verwischen. Das war für ihr Vorhaben entscheidend wichtig.

Am Himmelfahrtstag brach die Gesellschaft mit Gejohle auf. Die Grüne Soße war auslaufsicher in einen großen Plastikbehälter gefüllt worden. Ein anderer enthielt den Tafelspitz und ein paar Pfund gekochter Kartoffeln. Was in dem Geländewagen sonst noch zugeladen war, ließ sich nur erahnen. Das Klirren von Gläsern und Flaschen war unüberhörbar.

„Je mehr Alkohol die Bande zu sich nimmt, desto besser", meinte ihre Tochter, die sich erneut zu Wort meldete. „Du wirst sehen, es klappt!"

Der Vatertag verging. Theresa versuchte vergeblich, sich zu beruhigen. Sie war übernervös. Angstvolle Gedanken trippelten auf ihren bloß liegenden Nervensträngen. Ziellos lief sie durch das ganze Haus, verließ es, um in der Stadt Ablenkung zu finden, die sich aber nicht einstellte. Die Nacht war qualvoll und an Schlaf nicht zu denken. Sie las, schaute fern, hörte Radio, las aufs Neue, machte einen Rundgang in ihrer Straße und suchte dann Zuflucht im Zimmer ihrer Tochter.

„Beruhige dich!", flüsterte diese ihr zu. „Selbst wenn es schief gehen sollte, kann dir niemand einen Vorwurf machen. Der Verdacht fällt auf jemand anderen."

Auch der nächste Tag war grauenvoll, dehnte sich und wollte nicht enden. Das Herz klopfte Theresa bis zum Hals, stolperte immer wieder und gab ihr das bedrohende Gefühl eines bevorstehenden Stillstands. Sie umkreiste das Telefon. Nicht, weil sie aus Reue einen Notruf melden wollte, sondern aus Furcht, es könnte sich die Polizei oder der Rettungsdienst melden. Um sich loszureißen und dem Haus und damit dem klaustrophobischen Gefühl des Eingesperrtseins zu entfliehen, unternahm Theresa ausgedehnte Spaziergänge. Das bot ihr die Gelegenheit, verräterische Plastiktüten und Einweghandschuhe in unterschiedlichen Abfallbehältern der Stadt zu entsorgen. Auch das antiquarische Pflanzenbuch hatte sie in eine fremde Altpapiertonne geworfen.

Eine weitere quälende Nacht stand ihr bevor, ausgefüllt mit marternder Ungewissheit. Erst am dritten Tag würde sie die Hütte aufsuchen und erkunden, ob ihr Anschlag geglückt war.

Der dritte Tag kam. Grau im Gesicht, zum Umfallen müde und von Schuldgefühlen und Entdeckungsängsten geplagt, machte sich Theresa auf den Weg zu der Jagdhütte. Die vom Stadtrat befingerte Tüte mit den Schierlingsresten hatte sie dabei.

Im Wald parkte Theresa ihren Wagen neben dem Geländefahrzeug der Clique, das dort kalt und verschlossen stand. Erneut zog sie ein Paar Einmalhandschuhe an und machte sich mit großer Furcht zu Fuß auf den Weg zur Hütte. Sie musste immer wieder innehalten, sich an Baumstämmen abstützen; die Beine wollten sie kaum noch tragen. Es war ein schöner, sonniger Frühlingstag. Doch davon bekam sie nichts mit. Weder hörte sie den betörenden Gesang der Vögel, noch genoss sie den duftenden Harzgeruch der Fichten. Auch die Schönheit des zartgrünen Buchenlaubs nahm sie nicht wahr. Sie folgte allein der Stimme ihrer Tochter, die sie vorantrieb:

„Geh immer weiter, sei stark, dir ist es gelungen, du hast sie besiegt!"

Nach etwa einem Kilometer fand sie die erste Leiche. Der bullige Bauunternehmer lag mitten auf dem Weg in gekrümmter Haltung. Er hatte erkennbar am längsten durchgehalten und den Geländewagen erreichen wollen, um sich zu retten oder Hilfe zu holen. Sein Gesicht war verzerrt, die Finger in den weichen Waldboden gekrallt. Er atmete nicht mehr.

Theresa überkam eine große Übelkeit, aber sie schleppte sich weiter und erreichte am Ende ihrer Kräfte die Hütte. Die Tür stand sperrangelweit offen. Auf der Schwelle lag in embryonaler Körperhaltung ihr Mann. Die Augen weit aufgerissen, blutunterlaufen, der Mund wie zu einem Schrei geöffnet. Reste von Schaumspuren umgaben seine Lippen. Eindeutig tot. In der Hütte hingestreckt, inmitten von einem inzwischen eingetrockneten Brei aus Erbrochenem der Stadtrat, ebenfalls grotesk verrenkt mit einem unmenschlichen Gesichtsausdruck. Auch er ohne jegliches Lebenszeichen.

Erleichterung machte sich in Theresa breit. Es war geschafft. Alle drei waren tot und konnten keine Anklage erheben. Schnell suchte sie die Wanderjacke des Stadtrats und steckte den Gefrierbeutel mit den Schierlingsresten in die Seitentasche.

Sie ging zurück zu ihrem Mann und betrachtete ihn in aller Ruhe. Sie fühlte keinerlei Trauer, ja, noch nicht einmal eine winzige Regung des Bedauerns. Die mehr als zwanzig Jahre des Zusammenlebens waren wie ausgelöscht. Dort lag für sie ein hassenswerter Fremder, der ihr die Tochter weggenommen hatte. Gleichwohl ahnte sie, dass sie das Entsetzen über ihre Tat noch einholen würde und sie zu einem späteren Zeitpunkt zur Buße bereit sein musste. Sie wandte sich ab, ließ den Blick noch einmal über die beiden Toten und die Hütte schweifen und sah in allem eine Rechtfertigung.

Dann eilte sie, so schnell sie konnte, zurück zu ihrem Wagen. Im nächsten Dorf bat sie gleich im ersten Haus, das Telefon benutzen zu dürfen, um Polizei und Krankenwagen zu bestellen. Sie gab sich heulend, völlig aufgelöst und nahezu hysterisch, was ihr gut gelang, da sich so ihre vorherige Anspannung löste.

„Gut so, locker dich auf!", flüsterte ihre Tochter. „Alles Weitere überstehst du mit Leichtigkeit. Erzähle einfach, wie es war. Du musst ja nicht alles erwähnen. Aber deine Geschichte ist kurz und ohne Fallstricke."

Der Kriminalkommissar, der sich ihr als Hermann Ernstfeld, Polizeidirektion Marburg-Biedenkopf, vorstellte, war ein sehr gemütlich wirkender, älterer Herr, der sanft auf Theresa einredete. Er ließ sich von ihr die vorgefundene Situation schildern, sprach ihr sein Beileid zum Tode ihres Mannes aus und entließ sie nach Hause, wobei er anbot, dass sein Assistent sie fahren könne. Theresa lehnte ab, da sie allein sein müsse, um zu sich zu kommen. Sie fühle sich durchaus in der Lage, unbegleitet heimzufahren. Ernstfeld vereinbarte, dass er gegen Abend bei ihr vorbeikommen würde, um weitere Einzelheiten zu erfahren.

Ernstfeld kam und ließ sich erneut Theresas Darstellung vortragen. Ihm lagen noch keine Untersuchungsergebnisse vor, so dass er nur bei der allgemeinen Feststellung blieb: Vergiftung. Wie und wodurch müsse noch eruiert werden. Das Ganze käme ihm aber sehr rätselhaft vor und sei als Vorkommnis in seinem bisherigen Polizeidienst einmalig. Sobald er neue Erkenntnisse habe, würde er wieder hereinschauen.

Nach zwei Tagen klingelte Ernstfeld erneut. Er gab sich ausgesprochen höflich und zuvorkommend. Einen Kaffee lehnte er allerdings dankend ab. Die toxikologischen Untersuchungen hätten ergeben, dass alle drei Personen an den Schierlingsgiften Cicutoxin und Coniin gestorben seien. Der Tod müsse sehr qualvoll gewesen sein, mit Krämpfen, Erbrechen, Lähmungen und fürchterlichen Leibschmerzen. Gefunden worden seien diese Gifte auch in den Resten der Grünen Soße und – was mehr als nur eigenartig sei – in eingetrockneten Pflanzenresten, die in einem Gefrierbeutel steckten, den die Spurensicherung in einer Jackentasche des Stadtrates R. entdeckt habe. Im Labor wurden diese Pflanzenreste als von zwei Schierlingsarten herstammend erkannt. Der Gefrierbeutel habe nur die Fingerabdrücke des Stadtrates getragen.

Er, Ernstfeld, frage sich nun, wie der Schierling in die Grüne Soße gekommen sei. Theresa schilderte ihm nochmals die Vereinbarung mit den drei Männern, die mit selbstgesammelten Wildkräutern zur Grünen Soße beisteuern sollten. Sie habe keine ausreichenden Pflanzenkenntnisse, um Schierling von anderen essbaren Pflanzen zu unterscheiden, ja, wisse erst seit diesem Gespräch, dass es diese Gewächse überhaupt gebe.

Ernstfeld sah Theresa eine Weile nachdenklich an.

„Ich spekuliere mal ein wenig", begann er sanft, „und könnte mir auch eine andere Version vorstellen. Aber leider fehlen mir die Beweise. Was bringt einen Stadtrat dazu, für eine Grüne Soße in der freien, geradezu wilden Natur Schierling einzusammeln? Allerdings … warum nicht? Es gibt schon arg komische Käuze." Der Kriminalkommissar zuckte mit den Schultern, hob hilflos die Arme und ließ sie wieder auf die Sessellehne fallen.

„Mit Sicherheit werden Sie sich", so seine Abschiedsworte, „vor Gericht wegen fahrlässiger Tötung verantworten müssen, das Verfahren dürfte jedoch sehr glimpflich für Sie ausgehen. Eine Bitte habe ich aber doch: Sie sollten Ihr Soßenrezept nicht weitergeben."

Heimgang

Die Todesnachricht kam ziemlich überraschend. Vor wenigen Tagen hatten wir noch mit ihr telefoniert, und sie klang recht lebensfroh. Vor wenigen Tagen? Oder war es doch schon länger her? Ein Blick in den Kalender entlarvte schnell die Lüge. Mehrere Wochen waren bereits vergangen. Was sich in der Erinnerung frisch gehalten hatte, waren die häufigen Beteuerungen, die alte Tante in den nächsten Tagen anzurufen. Gleich morgen Vormittag – der aber, wie so viele Vormittage und wie mindestens ebenso viele gute Vorsätze ungenutzt verstrich.

„Was du heute kannst besorgen, das verschiebe nicht auf morgen", „Eile mit Weile", „Aus den Augen, aus dem Sinn". Die Reue setzte sofort und heftig ein. Nicht, dass uns diese Tante besonders nahegestanden hätte. Im Gegenteil, Gespräche mit ihr fielen uns meist nicht leicht, da sie sich unentwegt über irgendwelche Familienmitglieder beklagte und das in einer verschwörerischen Art, indem sie die Hand vor den Mund hielt und dumpf murmelnd, mit kaum hörbarer Stimme Ungeheuerlichkeiten über das Fehlverhalten von Anverwandten preisgab. Verbale Kassiber, wobei Ausrufezeichen und Fettdruck durch Augenrollen und erwartungsvolles Zurücklehnen ersetzt wurden, in der gierigen Erwartung, der Zuhörer könne die furchtbaren Wahrheiten schwerlich verkraften. Die so zugeraunten Vorwürfe waren, bei Licht betrachtet, kleine oder geringfügig größere Ärgernisse, so dass wir sie kaum nachvollziehen konnten. Sie reichten vom gestohlenen Kanten Brot in den letzten Tagen des letzten Krieges bis zu einmal vergessenen Geburtstagsgrüßen irgendwann in den sechziger Jahren. Nein, sie selber vergaß nichts. Alles

Negative, aber auch alles Positive war mit einem mentalen Stichel in ihrem Erinnerungsvermögen wie in eine Stahlplatte für die Ewigkeit eines Menschenlebens eingraviert. Uns war sehr wohl bewusst, dass auch wir zu den besonders Fehlbaren zählten. Somit empfanden wir Anrufe bei ihr als eine Qual. Ihr Beschwerdelamento richtete sich listigerweise immer gegen andere, dabei hätten wir genauso deren Namen mit den unsrigen austauschen können, wie bei einem Wechselrahmen für Familienfotografien.

Nun war sie in dem Altersheim, wo sie nach dem Tod ihres Mannes seit wenigen Jahren lebte, nach einem Sturz, der sie zum Liegen zwang, sehr schnell gestorben. Eine geheimnisvoll wispernde Stimme, die wir nie mehr hören würden. Keine weiteren Geburtstagsgrüße, die sie uns mit ihrer feinen, gestochenen Schrift, der man das Alter der Schreiberin nicht ansah, punktgenau auf den Tag zusandte. Grüße, die nicht nur kalligrafisch, sondern auch in Stil und Inhalt stets ein Genuss waren, freilich auf kitschigen Karten, wie sie eigentlich nur alte Menschen schön finden. Eine der letzten Zeitzeuginnen der Familie, die aus ihrem sehr subjektiven Wahrheitsempfinden vom Damals berichten konnte, die noch wusste, wer mit wem und vor allem wer gegen wen, ist uns verloren gegangen. Unwiederbringlich, nicht mehr umkehrbar. Aus und vorbei. Erde zu Erde, Asche zu Asche, Staub zu Staub, Requiescat in pace, Nil nisi bene.

Die Trauerfeier fand im Altersheim statt. Der Tag hatte sich angemessen vorbereitet und entsprach mit seinen schmutzigen Schneeresten, den tief hängenden, ständig nässenden Wolken und seiner unendlichen Schwermütigkeit dem zu erwartenden protestantischen Trauergottesdienst. Das Altersheim selbst verstärkte diese Empfindungen. Offenbar hatte der Architekt seinen Auftrag so verstanden, bereits im Eingangsbereich und in den Aufenthaltsräumen eine Ausstattung wählen zu müssen, die auf die nicht mehr allzu ferne Gruft vorbereite. Selbst der ausgesperrte Novembertag erschien mit einem Male hell und freundlich im Vergleich zu erdbraunen Fliesen und Kacheln und den nachgedunkelten Raufasertapeten. An mehreren Stellen aufgehängte fromme Traktätchen forderten das Gute im Menschen und gemahnten an das Jenseits. „Meine Tage sind dahin wie ein Schatten, und ich verdorre wie Gras …" Das Geräusch dumpf polternder Erdschollen auf hölzernen Sargdeckeln drängte sich auf.

In einem Versammlungssaal waren Stuhlreihen aufgestellt worden. Etliche der Heiminsassen hatten frühzeitig Stühle belegt und ihren Besitzanspruch mit Handtaschen, Schals oder Strickjacken sichtbar gemacht. In einer Ecke gab es ein kleines Gerangel mit gezischten Gemeinheiten, da ein sturer Greis diese Eroberungszeichen absichtlich missachten wollte. Die etwas aufgeregte Erwartungshaltung äußerte sich in einer irritierenden Geräuschkulisse aus Stühlerücken, Handtaschen, die klackend auf und zu klappen, scharfem Ratschen von Reißverschlüssen, Taschentuchgeschniefe, Gesangbuchgeraschel, Füßescharren. Brot hatten sie in Form ihres so eben eingenommenen Frühstücks bekommen. Jetzt wurden Spiele geboten. Man gab sich höchst bereitwillig diesem stimulierenden Ereignis hin, das mit einer ähnlichen Hingabe und Begeisterung aufgenommen wurde wie eine Filmvorführung mit Ruth Leuwerik und O. W. Fischer. Jedes Auftauchen neuer Gesichter wurde von einem Recken der Hälse begleitet. Ah, die Anverwandten. Ähnlichkeit und Aussehen, Kleidung und Haarschnitt wurden begutachtet und bewertet. Jetzt endlich war der Moment gekommen, Intimeres über die Verstorbene zu erfahren, die sich immer so zurückhaltend gezeigt hatte und die nie etwas über die Familie und ihr Leben preisgeben mochte.

An einer kleinen und etwas jämmerlich klingenden Heimorgel ließ sich eine Dame nieder, die zunächst ein wenig präludierte, dabei jedoch nicht selten die Tasten so sehr verfehlte, dass keine innere Einkehr oder gar Feierlichkeit aufkommen konnte. Meine Seele schwankte zwischen Ärger und Belustigung. Hatte die Verstorbene dieses Zerrbild einer Trauerfeier verdient? Von der Annahme ausgehend, die hier versammelten Senioren seien alle sangesfreudig und glühende Bewunderer der Fischer-Chöre, waren auf einer Schiefertafel etliche Kirchenlieder aufgeführt. Schnell schlug ich sie nach, was meinen Missmut nur vergrößerte. Keines dieser Lieder war mir erinnerlich, alles unbekannte Melodien, und beim Notenlesen hatte ich mich schon in der Schule verweigert. Leise Selbstkritik kam auf. Würdest du öfter in die Kirche gehen, wären dir diese Lieder nicht so fremd. Lebt denn die Kirche nicht vor allem von den Traditionen? Ich will die Lieder meiner Kindheit, wie sie uns seinerzeit im Kindergottesdienst und Konfirmandenunterricht eingebläut wurden. Zwar nicht mehr mit dem Rohrstock, jedoch im Kleinkindalter mit Bestechungsgeschenken — wie damals meine erste Apfelsine, die ich hilflos und verlegen in meinen kleinen Händen hin und her rollte und deren fremden Duft, für den es in meinen noch weitgehend unbeschriebenen Erinnerungsseiten keinen Eintrag gab, ich tief einsog. Diese vermittelte Gabe des ewig bedrohlich erscheinenden Gottes stimmte mich seinerzeit versöhnlicher. Endlich bekam ich etwas zurück, nachdem von mir bislang mit der ständigen Aufforderung „Du sollst!" nur gefordert worden war. Allein, selbst eine paradiesische Frucht hat nur eine kurze Lebensdauer. Und die Besänftigung des mit Harmlosigkeiten belasteten Kindergewissens hielt nicht allzu lange an. Später gab es dann sogar Kopfnüsse, die der damalige Pfarrer – aus seiner Sicht anscheinend scherzhaft gemeint – im Takt des Liedes „Guter Gott wir loben dich" verteilte. Ständiger Begleiter unserer religiösen Erziehung war, wie ein Basso continuo, die unübersehbare, sadistische Häme dieses Kirchenmannes, die einem erst als Erwachsener, also viel zu spät bewusst wurde. Es bereitete ihm allzeit besonderen Genuss, uns Kindern die endlosen Texte von Paul Gerhard aufzugeben und unseren nicht immer ausreichenden Lerneifer, in vielen Fällen wohl auch unvermögende Lernfähigkeit, im Gottesdienst vor der Gemeinde öffentlich zu machen. Der Gott meiner Kindheit war ein eifersüchtiger Gott, der zusammen mit seinem Mittler auf Erden Angst verbreitete. Lichtblick dieses religiösen Dressurparcours war allein die Hoffnung auf Geschenke anlässlich der Konfirmation. Sagenhafte Berichte früherer Konfirmanden ließen die Erwartungen ins Uferlose wachsen. Die Anzahl der tributpflichtigen Verwandten war in meinem Fall leider schnell aufgezählt. Und so sollte ich denn auch enttäuscht werden. Zumindest fand ich in meinen jungen Jahren, dass meine Schufterei keine ausreichende Belohnung erhalten hatte. Mit der Kirche, so beschloss ich wütend und verletzt, war ich, Leo, fertig.

Diese Erlebnisse wallten auf, bemächtigten sich meiner Gedanken, die sich immer weiter von der Verstorbenen und der sich hier abspielenden Trauersatire entfernten. Es bedurfte keines gewaltsamen Ordnungsrufs des Pfarrers: „Sie dahinten in der dritten Reihe, ja, Sie, der mit den grauen Haaren, wollen Sie nicht endlich mal aufpassen!?" Denn neben dem Ärger, nicht mitsingen zu können, bemerkte ich bereits Anflüge eines schlechten Gewissens. Offenbar bleiben wir in religiösen Dingen für immer und ewig Kind.

Die Heimorgel war keine Hilfe, da ihre gequetschten Töne dem Takt hinterherhinkten. Es mag auch sein, dass der Trauerchor der Heiminsassen es inzwischen eilig hatte, an einem anderen Ereignis, und sei es nur ein sehr zeitig eingenommenes Mittagessen, teilzunehmen. Jedenfalls stimmten die Tempi von Trauergemeinde und Harmonium selten überein. Die Organistin gab sich zweifellos redliche Mühe, doch ist ein Bemühen gerade bei dem Spielen von Musikinstrumenten ein absolut unzureichender Ersatz für das Können. Die Senioren erwiesen sich zwar als dem Gesang zugeneigt, ihre Notentreue war allerdings nicht sonderlich ausgeprägt und der Pfarrer leider kein Kantor. Die Orgel hatte ihre Führerschaft längst verloren. Fast schien es so, als warte die Organistin auf eine Melodien-Vorgabe seitens der Gemeinde, die jedoch ihrerseits, mich eingeschlossen, zaghaft und mit zitternden Stimmchen dem Orgelspiel folgen wollte. Die alten Komponisten waren in ihrer Melodienfolge ja noch berechenbar. Mir fremde Melodien ließen sich dagegen nicht vorausahnen und gerade die moderneren erwiesen sich für mich als höchst eigenwillig. Entschlossen klappte ich das Liederbuch zu. Die Lächerlichkeit des Gesangs sollte mich nicht länger von dem eigentlichen Anlass dieser Feier, die keine stille mehr war, ablenken.

Der Pfarrer begab sich im Stechschritt an ein von elektrischen Kerzen eingerahmtes Stehpult, klappte geschäftsmäßig eine Kladde auf, als sei sie das vorweggenommene göttliche Verzeichnis aller guten und schlechten Taten, räusperte sich und begann stotternd die behördlichen Daten der Toten zu verlesen. Es fehlten eigentlich nur noch Körpergewicht, Blutgruppe und Rhesusfaktor. Auf diese Weise gibt auch ein längeres Leben bedauerlicherweise nicht allzu viel Predigtstoff her. Wie zu erwarten, verlor er sehr schnell den biologischen Faden und blätterte etwas nervös hin und her. Offenbar suchte er verzweifelt den Übergang zum Spirituellen. Die Gemeinde wartete in gespannter Stille. Endlich wurde der Hirte fündig; allerdings nicht mit einem Text, sondern mit der Aufforderung zu einem weiteren Lied. Das rettete den Pfarrer aber nur für wenige Minuten. Sichtlich gequält begab er sich erneut an das Pult und hub an. Er erinnerte die Gemeinde an die Mühsale des Lebens und seine Vergänglichkeit: „Unser Leben währet siebzig Jahre, und wenn's hochkommt, so sind 's achtzig Jahre, und was daran köstlich scheint, ist doch nur vergebliche Muhe; denn es fahret schnell dahin, als flögen wir davon." Die Alten nickten zwar zu diesem bestens bekannten Psalm, ließen sich seine Botschaft dennoch nicht zu sehr unter die Haut gehen. Schließlich war man hier in aller Fröhlichkeit und Neugier versammelt. Andere sterben, der eigene Tod dagegen wurde aus dem Bewusstsein ausgeblendet und das Dahinscheiden anderer war hier und jetzt lediglich eine stimulierende Unterbrechung der täglichen Langeweile. Der Pfarrer fuhr mit mahnender Stimme fort, erwähnte die verdienstvollen Leistungen der Verstorbenen, zu denen er neben dem überlebten Krieg und der Fähigkeit, als Ehefrau jahrzehntelang treusorgend gewirkt zu haben, auch die drei zur Welt gebrachten und großgezogenen Kinder zählte. Hinzuaddiert wurden ebenso die Enkelkinder, als habe die Verblichene daran unmittelbaren Anteil gehabt. Auch der demutsvoll ertragene Tod ihres Ehemanns wurde auf der Habenseite verbucht. Wer wollte es noch bezweifeln: Die Waagschale neigte sich eindeutig zum Positiven. Gewogen und für nicht zu leicht befunden. Dann sprach er von der Hoffnung. Wie diese im Einzelnen aussehen könnte, verschwieg er leider. Die Zuhörerschaft hätte es gewiss interessiert. Stattdessen wählte er abermals ein Kirchenlied, dessen jämmerlicher Vortrag jeglichen Hoffnungsappell zunichtemachte.

Als eine Freundin vor wenigen Jahren verstarb, hielt die Trauerrede eine Berufsrednerin. Wie wohltuend waren ihre Ausführungen, die das Leben der Verstorbenen in seinen Höhen und Tiefen widerspiegelten. Sie bezog Angehörige und Freunde in die Rede ein, so dass sich jeder wiederfand und ein klein wenig getröstet sah. Dieser Pfarrer allerdings erfüllte gerade mal die ihm auferlegte Pflicht, mit einer Gleichgültigkeit, welche fast schon einer Zurückweisung gleichkam. Vielleicht hatte ihn auch nur die große Anzahl der künftigen Nutznießer seiner seelsorgerischen Aufgaben erschreckt. Sollte es denn so schwer sein, als ein in den Schriften Bewanderter und mit den Problemen des Lebens Vertrauter eine fesselnde Rede von nur wenigen Minuten zu halten? Ist es nicht möglich, eine von Angst befreiende Predigt zu halten, angesichts des Todes und der den Zuhörern innewohnenden Furcht vor dem eigenen, ungewissen Ende? Die kalte Wehrform der Kirchen, die Mächtigkeit der Kathedralen, Wahrzeichen einer drohenden, richtenden Allmacht, dieser unerträglich singende Tonfall des Predigers, mit dem die Distanz zur Gemeinde betont wird, lassen das Herz kalt und bang werden. Tod, wo ist dein Stachel? Hier, bereits hier in einer geradeso gehaltenen Predigt.

Die Qual hatte schließlich ein Ende. Alle Lieder waren gesungen, aus der Küche wehten Essensdüfte und gemahnten recht energisch an das diesseitige Leben und die Heimordnung. Angehörige und Freunde der Verstorbenen hingegen wurden gebeten, einen gemeinsamen Imbiss im nahegelegenen Gasthaus einzunehmen.

Der Himmel hatte nicht aufgehört, seine Schneeregenschleier über die triste Landschaft wehen zu lassen, als fühlte er sich zu dieser Trauerkulisse verpflichtet. Die Erleichterung, dem Altersheim und der deprimierenden Veranstaltung mit unverletzter Seele entkommen zu sein, äußerte sich in einem befreiend fröhlichen Aufbruch, mit lautstarkem Motorengedröhn, heftigem Knallen der Wagentüren und überschäumenden Zurufen bei der Wegbeschreibung zum Lokal.

Dieses erwies sich jedoch als ein erneuter Rückfall in die beklemmende Düsternis der Heimatmosphäre. Gasthäuser dieser Art gehören eigentlich einer allenfalls in farbverblassten Fotografien festgehaltenen Vergangenheit an, als der beliebige Begriff „Gemütlichkeit" einrichtungsmäßig mit ausgestopften Jagdtieren, altdeutscher Bestuhlung und angemuteter Brokatbespannung umgesetzt wurde. Über den Tischen schwebten bedrohlich schwere Kronleuchter, deren gekreuzte Balken aus immerwährender Eiche gezimmert waren. Die Fenster verweigerten mit ihren gelblich-braunen Scheiben, die rautenförmig in Blei gefasst waren, dem ohnehin jämmerlichen Tageslicht den Zutritt ins Innere. Folgerichtig ließen sich im Halbdunkel an den Wänden Dürers Betende Hände und der Hase sowie etliche stilgetreue Gemälde des deutschen Weltkulturerbes in Kreuzstickerei nur erahnen. Ich empfand die Situation als quälend depressiv. War dies etwa die Vorhölle, in die uns hier ein kurzer Blick gewährt wurde?

Als dann die „Schnittchen" serviert wurden, mit einer Dekoration der fünfziger Jahre, Brötchenhälften, wahlmöglich belegt mit einer Scheibe Kochschinken, Jagdwurst oder altersgewelltem Gouda, diagonal verziert mit einer Gurkenellipse zuzüglich der obligaten Petersilienrüsche oder gar gekrönt mit einer Salzstange oder einem Salzbrezelchen, da packte mich das kalte Grauen.

Weiß

Leo sträubt sich. Er will noch nicht ins Bett. Es ist immer so kalt da oben im Schlafzimmer, denn das alte, ehemalige Bauernhaus hat keine Heizung. Nur in der Küche ist es mollig warm, hier bullert der Kohleherd, ist Geplauder, Geschäftigkeit und ab und zu gibt es sogar etwas zum Naschen. Die Kälte draußen nimmt zu. Am Küchenfenster bilden sich Eisblumen, die Leo gerne mit den Fingernägeln abkratzt, um dann die feinen, abgeschilferten Flöckchen aufzulecken. In unbeobachteten Augenblicken fährt er sogar mit seiner Zunge über die Scheiben. Sie schmecken metallisch, auch nach Fensterkitt und Küchendunst. Unter dem undichten Fensterrahmen zieht es kalt hervor. Die Mutter hat als Gegenmaßnahme eine gerollte Wolldecke davorgelegt. Draußen auf der Fensterbank liegen ein paar Eiszapfen, die Leo am Nachmittag an der Dachtraufe des Schuppens abgebrochen hat. Sie haben seine kleinen Hände schmerzhaft erstarren lassen. Deshalb hat er sie ins Haus getragen und auf die heiße Ofenplatte gelegt. Auf die erstaunte Frage der Mutter, was er denn da wieder mache, hat er erwidert: „Sie sind so kalt, ich will sie ein wenig aufwärmen!" Seine Mutter hat die Eiszapfen daraufhin draußen vor das Fenster gelegt. Leo hätte sie jetzt gerne gehabt, um an ihnen zu lutschen. Er traut sich jedoch nicht, das Fenster aufzumachen. Das würde vermutlich bei der in der Küche versammelten Familie einen Sturm der Entrüstung hervorrufen.

Seine Mutter ermahnt ihn streng: „Leo, jetzt aber ab ins Bett!" Sie öffnet die Klappe des Backofens, nimmt mit der Brikettzange einen Schamottestein heraus und schlägt ihn mehrfach in ein Biberbetttuch ein. Leo drückt das kuschelige

Paket, mit dem sein Bett angewärmt werden soll, bis seine eigene Körperwärme ihm das wohlige Bettgefühl geben wird, an seine magere Kinderbrust und trollt sich, immer neue Verzögerungen ausdenkend, leise maulend aus der Küche.

Heimlich nimmt Leo seiner älteren Schwester, die bereits zur Schule geht, ein reich bebildertes Buch weg. Er ist sich sicher, dass sie erst dann quälend langsam zu lesen begonnen hat, als sie gewahr wurde, dass ihr Bruder ganz begierig ist, die Bilder zu betrachten. Leo weiß, welches Risiko er damit eingeht. Noch ist seine Schwester viel stärker als er und in handgreiflichen Auseinandersetzungen keineswegs zimperlich, was für ihn nie ohne sichtbare Kratzspuren einhergeht.

Im Bett legt er seine kalten Füße auf den Schamottestein, sorgsam darauf achtend, sich dabei nicht schmerzhaft die Zehen zu stoßen. Dann zieht er das schwere Federbett über den Kopf, lässt jedoch einen Spalt offen, damit das Flurlicht seine Höhle ein klein wenig erleuchten kann. Er blättert in dem Buch, stellt aber bald enttäuscht fest, dass er in dem Dämmerlicht kaum etwas zu erkennen vermag.

Von unten aus der Küche dringt einschläferndes Gemurmel hoch. Die Augen fallen ihm zu. Leo träumt, Herr über einen Stapel schönster Bücher zu sein, die er alle seiner Schwester vorenthält. Ihre flehentlichen Bitten weist er mit strengen Worten zurück und weidet sich daran, dass sie in Tränen ausbricht.

Plötzlich erwacht Leo, mitten in der Nacht, aus seinem tiefen Kinderschlaf. Geräusche haben ihn geweckt. Es ist nur ein sehr verhaltener, kaum wahrnehmbarer Ton, nein, wenn er noch genauer hinhört, eine Vielzahl von Tönen. Ein mehrstimmiges, harmonisches Raunen mit einer sehr eigenen, feinen und zarten Melodie. Leo liegt eine Weile unbeweglich in seinem Bett, horcht, unentschlossen, ob er sich in die Kälte des eisigen Schlafzimmers hinauswagen soll, um diesen leisen Klängen nachzugehen. Die Neugier siegt. Er steht auf und tritt ans Fenster, haucht ein paar Eisblumen weg und sieht, dass es draußen schneit. Wispernd rieseln die Schneeflocken gegen die Scheibe, auf das Dach und die Gaube. Wo es ihnen noch zu warm ist, schmelzen die Flocken knisternd zu Wasser und tropfen leise hallend auf das Zinkblech der Fensterbank und dumpfer tönend auf die Dachpfannen herab. Die Bäume des Gartens hingegen haben bereits einen flauschigen Überzug, obwohl sie sich im leichten Wind unwillig knarrend schütteln, als wollten sie die noch ungewohnte Last des Schnees nicht dulden. Die gesamte Umgebung ist weiß.

Gebannt steht Leo in seinem Nachthemdchen am Fenster, lauscht dem beglückenden Lied des Winters und freut sich auf den morgigen Tag.

Geheimnis

Leo Geheimnisse anzuvertrauen hatte eine annähernd gleiche Wirkung wie die Lautsprecherdurchsage auf einem Hauptbahnhof oder großformatige Zeitungsanzeigen in der bundesweiten Tagespresse. Leos Augen leuchteten begierig auf, wenn ihm jemand die Frage stellte: „Darf ich dir ein Geheimnis erzählen?" Wenn dann noch die, sagen wir mal, törichte Aufforderung kam: „Du darfst es aber keinem weitersagen!!!" – so mit mehreren Ausrufezeichen, deren Anzahl je nach Schwere des Geheimnisses stark variierte –, dann nickte Leo ganz wild mit seinem Köpfchen und hob drei nasse Finger, um mit dieser Geste sein Verschwiegenheitsgelübde zu beeiden. Allein, seine Kleinkinderseele war damit völlig überfordert.

Das auf diese Weise verankerte Geheimnis entwickelte in ihm ein sehr merkwürdiges Eigenleben. Zunächst erzeugte es nur das wohlig-wärmende Gefühl, an Wichtigkeit zugenommen zu haben. Ihn, Leo, hatte man für würdig befunden, eine Heimlichkeit zu bewahren. Er wusste etwas, was anderen verborgen sein sollte. Dieser Schatz war jetzt sein Eigentum, an dem niemand anderer teilhatte. Der erhebende Zustand hielt allerdings nur kurze Zeit an. Na, so etwa zehn Minuten; hin und wieder mag es sogar eine Viertelstunde gewesen sein. Danach jedoch begann das Geheimnis zu glimmen, dann zu glühen, um sich daraufhin zu einer unkontrollierbaren Hitze zu steigern. So, wie man eine heiße Pellkartoffel von einer Hand in die andere wirft oder geröstete Kastanien pustend vor sich herkullert, damit sie abkühlen, so verspürte auch Leo den unbezähmbaren Drang, das inzwischen dampfende und Überdruck erzeugende Geheimnis durch Mitteilung an weitere Personen zu zähmen. Immerhin hatte er stets den Anstand, seine Informationen nur wispernd an ihm zugeneigte Ohren weiterzugeben mit dem knappen, doch unmissverständlichen Schlusssatz: „Darfste aber nich verraten!"

Zu einem der damaligen Weihnachtsfeste hatte Leo ein Geheimnis sogar selbst erzeugt. Auf der verzweifelten Suche nach einem Geschenk für seinen Vater, der ein starker Raucher war, schwankte er zwischen einer Dreierpackung Roth-Händle und einem Zigarillo. Geld hatte er zwar keines, doch das würden ihm seine Mutter, Schwester oder irgendwelche sonstigen Familienangehörigen schon spendieren. Notfalls könnte er ja auch noch seinen Vater anbetteln. Als er ganz gedankenverloren seine Nase an der Schaufensterscheibe des Tabakwarenladens platt drückte, fiel sein Blick auf eine Sammlung von Zigarettentötern. Das waren, Uneingeweihten und modernen Menschen sei's erklärt, kleine, meist nur wenige Zentimeter große Gegenstände in Form von Stempeln oder Figuren aus unterschiedlichem Material, mehrheitlich aus Eisen oder grün patinierter Bronze, mit denen der Raucher den im Aschenbecher glimmenden Zigarettenstummel auf kultiviertere Weise als mit dem bloßen Zeigefinger ausdrücken sollte.

Leo fand Gefallen an einer kleinen Bronze-Ente, die nicht höher als etwa drei Zentimeter war. Leider sollte sie etwa fünf Mark kosten, ein für den Jungen schier unerschwinglicher Betrag. Hier war also unschuldige Raffinesse angesagt, mit der die Natur Kinder geradezu verschwenderisch ausstattet. Leo winkte mit dem geraunten Satz „Soll ich dir ein Geheimnis verraten?" das Ohr seiner Mutter heran und flüsterte: „Ich schenke Vati zu Weihnachten so einen Zigarettentöter!" Die Mutter zog ob der feuchten Aussprache ihren Kopf kichernd zwischen die Schultern, nickte aber beifällig. Sodann sah sie das traurige Gesicht ihres Sohnes. „Wo liegt das Problem?", wollte sie wissen. „Ich habe kein Geld", seufzte Leo. „Das kannst du dir bis Weihnachten hier im Haushalt verdienen", war die Antwort. Ein höchst unbequemer Vorschlag, auf den Leo nur widerwillig einging.

Endlich, eine Woche vor Weihnachten konnte er die kleine Ente kaufen. In den Tagen davor hatte er sein Geheimnis nahezu jedem Familienmitglied ins Ohr gehaucht und, im Überschwang seiner eigenen Vorfreude, beinahe auch dem Vater verraten, als er während eines Teekesselchen-Ratespiels den Begriff „Ente" vorschlug und mit „Mein Teekesselchen ist klein und aus Bronze!" anfing. Seine Mutter konnte ihn gerade noch mit einer zarten Kopfnuss bremsen.

Die Verpackung aus dem Geschäft erschien Leo nicht auffällig genug. Zudem fand er auf einmal, dass sein Geschenk viel zu klein sei. Es würde in der Aufgeregtheit der Bescherung gewiss kaum Beachtung finden. Folglich musste er selber für Aufmerksamkeit sorgen. Leo nahm einen großen Karton und füllte ihn mit zusammengeknäulten Zeitungsblättern. In die Mitte des Haufens platzierte er das ebenfalls in Zeitungen eingewickelte Entchen. Sein Vater würde gehörig suchen müssen!

Die Suche war für seinen Vater tatsächlich äußerst anstrengend. Zudem sah das Wohnzimmer mit den vielen entwirrten Papierfetzen alles andere als weihnachtlich aus. Der Haussegen begann allmählich, in eine angespannte Schräglage zu rutschen. Leo fühlte, dass sich die Stimmung wandelte, und zauberte deshalb mit einem fröhlichen Krählaut die Ente hinter seinem Rücken hervor. Er hatte sich die Präsentationsmethode doch noch anders überlegt.

Besonders stolz machte ihn aber, dass er für sein Still-schweigen, für seine vorbildliche Geheimhaltung gelobt wur-de.

Ragout fin

Leos Mutter legte sehr viel Wert darauf, dass die Weihnachtsfeste einer ganz bestimmten Gesetzmäßigkeit folgten, von der um kein Jota abgewichen werden durfte. Nach jahrelanger Gewöhnung an diesen Prozess hätten Leo und seine Geschwister vermutlich völlig bestürzt reagiert, wäre einer auf die Idee gekommen, als Weihnachtsbaum eine Edeltanne zu wählen. Denn eine bescheidene Fichte musste es, in Anbetracht der ebenso bescheidenen Geburtsumstände des Jubilars, schon sein. Oder wenn gar jemand den kühnen Einfall gehabt hätte, den Baum mit anderen Dekorationsstücken zu schmücken als denen, die seit ewigen Zeiten aufgehängt worden waren! Selbst die einzelnen Positionen des Schmucks waren durch ein „Das muss so sein", „Das haben wir immer so gemacht" unumstößlich festgelegt, und wehe, eines der Kinder hätte es gewagt, die uralten Glasvögelchen mit ihren Schwänzen aus gesponnenem Glas statt in den Wipfel an die unteren Zweige des Tännchens zu klemmen. Sakrileg wäre eine viel zu milde Bezeichnung für diese frevlerische Missachtung von Familientraditionen gewesen.

Nun, auch der Weihnachtsritus spulte sich in einem sehr starren Arbeitsprogramm ab. Es war genauestens festgelegt, wer wann was zu tun hatte und niemand durfte sich bei irgendwelchem Müßiggang ertappen lassen. Das Pflichtenheft schwoll schneller an, als man eine Entschuldigung für sein Herumlungern zusammenstammeln konnte. Ebenfalls in den Tagesablauf einzuplanen war von den Kindern die traditionelle Ohrfeige, die jedes im Laufe dieses ereignisvollen Tages von der immer nervöser werdenden Mutter zugeteilt bekam. Dumm herumzustehen reichte für eine Backpfeife bereits aus.

Der Heilige Abend folgte ausschließlich der mütterlichen Choreographie. Sobald es draußen dunkel genug war, Leo und seine Geschwister sahen das eigentlich schon um drei Uhr nachmittags als gegeben an, scheiterten jedoch unverständlicherweise am elterlichen Widerstand, wurde der Baum ausgiebig besungen. Das empfanden die ungeduldigen Kinder als eine zusätzliche Gemeinheit auf dem ohnehin schon übervollen Hindernisparcours dieses Tages. Danach wurden die Geschenke verteilt. Ob alle zufrieden waren? Nicht immer. Die Kinder hassten es, wenn die überaus praktisch denkende Mutter nur „sinnvolle" Weihnachtsgeschenke unter den Baum gelegt hatte. Meist handelte es sich um Pullover, Mützen und Handschuhe, von ihr selbst gestrickt. Überreicht wurden diese Kreationen mit einer Fülle von Ermahnungen, sie nur ja pfleglich zu behandeln und nicht zu verlieren. Als warnendes Beispiel wurde an Leos Verfehlung erinnert, der einst, als es unmittelbar nach dem Krieg so gut wie gar nichts gab, ein Paar mühsam gehamsterte Kinderschuhe wegen Nichtgefallens ins Plumpsklo befördert hatte. Das allerdings geschah in dem zarten Alter von etwa drei Jahren und war damit entschuldbar gewesen. Leo hat es jedenfalls nicht gewagt, Ähnliches später zu wiederholen.

Dann kam der zweite Höhepunkt des Tages, das Heiligabend-Essen. Es wird gewiss als Übertreibung empfunden, wenn ich jetzt behaupte, dass dieses Essen einen ähnlichen Stellenwert hatte wie die Bescherung. Kinder sind gemeinhin empfänglicher für Gaben als für Nahrungsmittel. Doch der Abstand war, ich bin mir sicher, nicht allzu groß. Denn die Vorbereitungszeit des Weihnachtsessens war derart angefüllt mit Vorfreude und köstlichen Düften, dass alle es kaum erwarten konnten. Verständlicherweise gab es zu Mittag nur eine dicke Suppe, zu aufwendigerem Kochen wäre keine Zeit gewesen. Die Kinder hätten sie am liebsten verschmäht, was eine strenge Aufsicht verhinderte. Die Portionen, die aus der Suppenschüssel gelöffelt wurden, waren dennoch verblüffend klein, was mit angeblich fehlendem Hungergefühl begründet wurde.

Der Hauptgang des Weihnachtsessens wechselte von Jahr zu Jahr und war von der Laune der Mutter abhängig. Da sie selbst sehr gerne aß, wurden die Kinder aber nie enttäuscht. Doch ein Gericht musste sein, und zwar in immer gleicher Art und Aufmachung – als Vorspeise gab es stets selbstgekochtes Ragout fin. Allein schon die Herstellung war ein besonderer Akt kulinarischer Wissensvermittlung für Leo und seine Geschwister. Alle waren mit unterschiedlichsten Aufgaben beteiligt. Sei es beim Einkauf der Zutaten, dem Parieren des Fleisches, der peniblen Reinigung der Coquille-Schalen oder dem minutiösen Würfeln des gekochten Kalbfleisches. Besonders begeisterten die geheimnisvollen und eigens zu diesem Fest aus den Tiefen des Buffets hervorgeholten Schalen der großen Pilgermuschel. Leo wurde durch sie an Botticellis „Geburt der Venus" erinnert, die er zusammen mit anderen erotischen Bildern immer häufiger klammheimlich und mit einem sehr eigenartigen Bauchgefühl in den Kunstbänden nachschlug.

Die Küche war nicht sonderlich groß, weshalb ein gedeihliches Miteinander nur kurzzeitig möglich war. Leos Mutter, eine leicht erregbare Frau, zeigte meist nur wenige Momente Geduld mit der kindlichen Ungeschicklichkeit, und nicht selten flossen Tränen. Dennoch wollte sich niemand nachsagen lassen, nicht seinen Anteil am köstlichen Ragout beigetragen zu haben. Also hieß es Zähne zusammenbeißen und die Vorfreude als Schutzpanzer nutzen.

Bereits beim Zusammentragen der Zutaten wurde die bängliche Frage gestellt, ob es denn genug sei. Da es eine große Familie war und jeder mindestens zwei Muschelschalen mit dieser Köstlichkeit erwartete, auch gegen drei wären gewiss keine Einwände erhoben worden, erschien der gierigen Erwartung alles als zu wenig. Als weitaus problematischer erwies sich jedoch eine Überzahl: Was sollte mit ein oder zwei überzähligen Portionen geschehen? Wer waren die Glückspilze, denen sie am Abend per Los zugesprochen würden?

Leider ist das Rezept des mütterlichen Ragout fin nicht erhalten geblieben. Leo und seine erwachsenen Geschwister erinnern sich nur noch an Kalb- und Hühnerfleisch sowie an die unverzichtbare Worcestershire-Sauce, die bei Tisch ein besonderes Gefahrenmoment darstellte. Wer die Flasche nicht geschickt genug handhaben konnte, verspritzte die braune Brühe über die festlich gedeckte Tafel. Dieser ruchlosen Tat folgte eine erste Eintrübung des Abends, wenn man von der Enttäuschung über die praktischen Geschenke absieht. Warum die Sauce nicht auf andere, weniger gefährliche Weise gereicht werden konnte, vermag selbst heute niemand zu sagen. Möglicherweise war das Worcestershire-Saucen-Fährnis ein unbewusster Vorgriff auf das inzwischen verbreitete Motto „No risk, no fun".

Wie auch immer, trotz zahlreicher Klippen und eines kindlichen, aber durchaus gekonnten Lavierens zwischen Skylla, der überzähligen Portion nicht teilhaftig zu werden, und Charybdis, sich den mütterlichen Zorn durch Saucenflecken zuzuziehen, war das weihnachtliche Abendessen eine rundherum fröhliche, vergnügliche Angelegenheit. Die einhellige

Forderung der Geschwister, Ragout fin sollte es zumindest jeden Sonntag geben, wurde allerdings kategorisch abgelehnt. Weihnachten, Heiliger Abend und sonst nicht.

Seitdem er nicht mehr zu Hause wohnt und die Familie in alle Winde zerstreut ist, hat Leo kein Ragout fin mehr gegessen. In einem Restaurant mag er es nicht; dort ist es ihm zu undefinierbar. Außerdem servieren sie es nicht in einer Coquille-Schale. Er wagt es nicht zu kochen, da das mütterliche Rezept fehlt. Somit bleibt nur ein etwas romantisiertes Erinnern, das wie alles, was weit zurückliegt, möglicherweise ein wenig trügt. Aber das ist bei Familienanekdoten nicht gar so wichtig.

Kein schöner Morgen

Der Tisch schien von der Müllhalde zu stammen. Ein gebrochenes Tischbein war tatsächlich nur mit einer Schnur zusammengebunden. Fast hätte er gelächelt, wenn nur nicht diese Übelkeit wäre. Der gestrige Abend war einfach zu viel für ihn gewesen. Der Menschenandrang und das pausenlose Geschwätz. Und vor allem diese Aufgeregtheit. Ihn hatte man gar nicht beachtet, sondern rüde beiseitegeschoben. War er denn ein Niemand? Ein Hanswurst? Gut, er war arbeitslos und konnte seine Familie allenfalls durch Bettelei oder ihm zugeworfene Almosen ernähren. Doch das gab anderen noch lange nicht das Recht, ihn wie Luft zu behandeln. Er hatte in den letzten Monaten genug Demütigungen ertragen müssen. Nicht, dass seine Frau ihm seine Arbeitslosigkeit vorgeworfen hätte, die Zeiten waren eben sehr schwer und das ganze Land in Aufruhr, aber ihre Demut und diese stets sanfte Duldermiene, mit der sie die Armut ertrug, empfand er als eine stumme Anklage.

Seine Kopfschmerzen ließen den kurz aufwallenden Zorn in sich zusammenfallen. Er rüttelte an dem Tisch. „Schlechte Arbeit", knurrte er. „Den muss ein Stümper zusammengezimmert haben." Tropfen fielen auf die Tischplatte. Der Himmel, der noch vor wenigen Stunden sternenklar gewesen war, hatte sich zugezogen und es hatte zu regnen begonnen. Durch das löchrige Dach rannen die Regentropfen an den Balken entlang, bis sie an den Sparren hängen blieben, zögernd verharrten, allmählich anschwollen, zu schwer wurden und dann herabfielen. Platsch, Platsch, Platsch. Das monotone Tropfgeräusch hallte in seinem überreizten Schädel unangenehm wider. Wenn doch nur diese bohrenden Schmerzen nachließen. Gedankenverloren nahm er mit seinem rechten Zeigefinger die Feuchtigkeit auf und malte mit ihr einen Stern auf die Tischplatte. Erst seit Kurzem verheiratet und schon so enttäuscht. Er hätte heulen können. Als er das mit seiner Frau erfuhr, war seine spontane Reaktion eine typisch männliche: „Ich lass mich scheiden!" Dann aber hatte er sich doch überreden lassen, die junge Ehe fortzusetzen. Gleichwohl wühlte die Eifersucht weiterhin in seinem Inneren und vergällte ihm das Zusammenleben.

Er war kein Revoluzzer. Mehr einer von den Stillen, die ertragen und warten können. Es kam selten vor, dass er wütend wurde, obgleich sein Erscheinungsbild, eine große, muskulöse, doch inzwischen gebeugte Gestalt, deren Gesicht von einem ergrauenden Vollbart und einem wilden Haarschopf fast schon verborgen war, eine grimmige Ausstrahlung hatte. Das hatte ihn vor Wirtshaushändeln oder Straßenraufereien bewahrt. Ihm wurde allein wegen seiner Äußerlichkeiten eine hohe Gewaltbereitschaft unterstellt. Deshalb machte man besser einen Bogen um ihn. Wie falsch doch dieser Eindruck war! Selbst seine momentane Verbitterung reichte gerade mal zu einer Selbstanklage. Dabei hätte er allen Grund gehabt, mit seinen kräftigen Fäusten wie ein Berserker zu toben, um Gott und die Welt in Stücke zu schlagen.

Armut war sein steter Begleiter gewesen. Auch seine Eltern hatten ein äußerst karges Leben geführt und ihn zu großer Bescheidenheit erzogen. Er hatte zwar ein höchst ehrbares Handwerk erlernt, doch gehörte das zu den etwas weniger gut entlohnten. Meist erhielt er zudem nur kleine Aufträge. „Flickschustereien", seufzte er, „nichts, worauf ein Mann stolz sein kann." Wie gerne würde er seinem Sohn, so er denn je einen bekäme, ein größeres, beeindruckendes Werk mit den stolzen Worten zeigen: „Das hat dein Vater gemacht!" Aber: kein Werk, kein Kind, kein Stolz. Und nun das.

Seine Hände krampften sich um die Tischplatte. Zorn, Trauer und Verzweiflung und das Gefühl, von seiner Frau hintergangen worden zu sein, schmerzten wie eine klaffende Wunde und schnürten ihm die Luft ab. Der Blick seiner Augen suchte Halt an den unverputzten Wänden, den schrägen Dachbalken, an den Fensterhöhlen und kehrte, nachdem er, um sich abzureagieren, lange genug herumgeirrt war, zum Tisch zurück.

Er betrachtete missmutig die Gefäße, die jemand dorthin gestellt hatte. Befingerte sie, roch daran und verzog angewidert das Gesicht. Was sollte er damit? Hunger hatte er. Wenn die Besucher wenigstens etwas zu essen mitgebracht hätten. Stattdessen nutzlose Geschenke. Verächtlich verzog sich sein Mund, als er an die Reaktion seiner Frau dachte, die mit entzücktem Aufschrei diesen Krimskrams entgegengenommen hatte. Lächerlich! Ihnen fehlte es an allem. Ein regendichtes Dach über dem Kopf, Kleidung und vor allem Nahrung.

Geld hatten sie schon lange keins mehr. Ob sie noch irgendetwas aus ihrem Besitz verkaufen könnten? Für das wenige Handwerkszeug, das er noch besaß, würde er wohl kaum viel erlösen können. Und vor allem würde es seine Arbeitslosigkeit geradezu besiegeln. Er konnte ja schlecht einen Auftrag unter der Voraussetzung annehmen, dass der Auftraggeber ihm vorher Werkzeug zur Verfügung stellen müsse. Hoffnungslosigkeit breitete sich in ihm aus. Oder sollte er einfach kalten Herzens die Geschenke verkaufen? Zwei Geschenke erschienen ihm wertlos. Sie sahen zwar hübsch aus, aber in diesen unruhigen Zeiten gaben die Menschen kein Geld für hübsche Dinge aus. Der dritte Gegenstand hingegen, aus Metall, ein Becher vielleicht oder ein kleines Behältnis, könnte wertvoller sein. Er wog ihn in der Hand. Schwer, unverhältnismäßig schwer. Die herrliche, gelbe Farbe, die eine so faszinierende Ausstrahlung hatte, war ihm fremd. Nie hatten seine schwieligen Hände so etwas Glattes, Glänzendes berührt. Und die feinen Gravuren! Als Handwerker schätzte er kunstvolle Arbeiten und dieses Gefäß war ein Kunstwerk. Er erinnerte sich, als kleiner Junge dieses Gelb schon einmal gesehen zu haben. Er war mit seinem Vater durch die Straßen ihrer kleinen Stadt geschlendert und hatte staunend die Auslagen der Geschäfte bewundert. Einer der Geschäftsleute hatte ihn angelacht, eine Münze in eben dieser Farbe hochgehalten und ihn neckend gefragt, ob er später auch mal sein Leben vergolden wolle.

Also wäre dieser Gegenstand aus Gold? Er konnte es kaum glauben. Er wagte nicht, es zu glauben. Gold hatte er noch nie in seinen Händen gehalten. Als hätte er sich an ihm verbrannt, ließ er den Becher auf die Tischplatte zurückfallen, wo dieser kreiselnd ausrollte. Wie sollte er so etwas verkaufen, ohne sich dem Verdacht auszusetzen, eine strafbare Handlung begangen zu haben? Zur Not ließen sich noch ein paar Zeugen aufbieten, die bestätigen konnten, dass der Becher ein Geschenk der gestrigen Besucher war. Ob man allerdings den armseligen Gestalten, die gestern Abend ebenfalls anwesend waren, Glauben schenken würde, wagte er zu bezweifeln. Ihr steckt ja alle nur unter einer Decke, wäre voraussichtlich die Anschuldigung. Andererseits, wem sollte er etwas so Wertvolles verkaufen? Hier im Dorf hatte gewiss niemand auch nur annähernd so viel Geld, um einen redlichen Handel abzuschließen. Da sind wir vermutlich reich, haben aber kein

Geld, seufzte er. Seine Verzweiflung nahm zu. Wie viel sollte ihm denn noch aufgebürdet werden?

Aus seinen selbstquälerischen Gedanken riss ihn die wie üblich sanfte Stimme seiner Frau: „Josef, würdest du uns bitte etwas zu essen besorgen?"

„Ja, Maria", antwortete er mit ergebener Stimme, „ich will es versuchen."

Ein alter Garten

HYEME ET AESTATE
ET PROPE ET PROCUL
USQUE DUM VIVAM ET ULTRA

Diese Inschrift einer Grabstele auf dem San-Michele-Friedhof von Venedig soll am Anfang der kleinen Episode stehen: „Im Winter und Sommer, sowohl nahe als auch fern, in einem fort, solange ich leben werde und darüber hinaus."

Es war auf einem Sommerfest, als wir sie trafen. Ein altes Ehepaar, bereits ziemlich gebrechlich, doch wach im Verstand. Sie waren sichtlich einander sehr zugetan und behandelten sich gegenseitig ausgesprochen höflich und mit großer Fürsorglichkeit, so dass sie von allen Gästen mit einem stillen, zustimmenden Lächeln bedacht wurden. Schnell kamen die Gespräche auf Garten, Pflanzen und Gestaltungsfragen. Musste doch der Garten der Gastgeber, wie das unter Gartenliebhabern so Brauch ist, begutachtet und gedanklich verbessert werden. Philémon und Baukis – ich will die beiden aus gutem Grund bereits jetzt so nennen – durchwanderten mit mir das große Grundstück, erzählten dies, berichteten das, bewiesen in der Pflanzenbestimmung überraschende Detailkenntnisse und schöpften dabei offenbar aus einer großen, erlebten Erfahrung, ohne deshalb die Fähigkeiten zu ehrfürchtigem Staunen und kindlicher Freude über Blütenreichtum und hübsche Gartenpartien verloren zu haben.

Im Verlauf der angeregten Unterhaltung wurden von Philémon immer wieder kleine Informationsbröckchen über den eigenen Garten und dessen Besonderheiten eingestreut. Seine Gattin Baukis spielte diese Hinweise zwar herunter, verniedlichte die Angaben und betonte aus reiner Bescheidenheit deutlicher die Misserfolge, als dass sie Gelungenes herausstellte. Aber auch ihr war anzumerken, dass sie gerne konkreter geworden wäre. Der allgemein gehaltene Gedankenaustausch mit dem Man-könnte, Es-gibt-da und Manche-machen blieb recht unverbindlich und diente jedem der Anwesenden eher dazu, die eigenen Kenntnisse aufblitzen zu lassen und ein wenig mit umfassendem Gartenwissen zu kokettieren. Philémon konnte dann jedoch nicht mehr an sich halten und flüsterte verschmitzt, ob wir nicht einmal kurz „rübergehen" wollten, in seinen Garten. Unsere Gastgeber wussten um die Leidenschaft der Alten und hatten volles Verständnis für unseren kleinen Ausflug. Denn offensichtlich spielte der Garten im Leben der beiden eine ganz wesentliche Rolle oder war inzwischen sogar, da sie kinderlos geblieben waren, zum eigentlichen Lebensmittelpunkt geworden.

Wir betraten eine andere Welt. Hinter einer fast blickdichten, abschottenden Wand aus hohen Tannen, Fichten, Eiben und Kirschlorbeer lag ein weitläufiges, verwunschen wirkendes Grundstück, eingesponnen in die Aura eines sehr alt gewordenen, ja, vergreisten Gartens, der sich mit seinen Schöpfern in sich selbst zurückgezogen hatte. Die Bäume hatten im Laufe von Jahrzehnten ihre naturbestimmte Mächtigkeit entwickelt, mit der sie weite Areale trotz strahlender Sommersonne in eine feuchte, schattengrüne Dämmerung tauchten. Überragt wurden selbst große Bäume von einer riesigen, mehrstämmigen Tränenkiefer, die wie ein Ehrfurcht gebietendes Naturdenkmal wirkte, so aber anderen Pflanzen das Licht zum Wachsen und die Luft zum Atmen nahm. Auch eine Schwarzkiefer hatte sich ungehindert ausdehnen können und überlagerte mit bizarrem Astgewirr breit und übermächtig eine Lichtung. Dort, wo der Garten die dunkelsten und feuchtesten Ecken hatte, standen als mehrere Meter hohe Schattenwächter wunderschöne Japanische Ahorne, deren graziler Wuchs und filigrane Blattstrukturen wohl von kaum einer anderen Baumart erreicht werden. In diesen Partien hatte sich der Garten von seinen Besitzern gelöst, wie wenn Kinder sich von ihren Eltern trennen und ihr Leben selbst gestalten.

Aber auch dahinsiechende Beete, die keine Kraft mehr hatten, ihre Blumenpracht zu entfalten, mannshohe, mittlerweile überalterte Azaleen, eine unter Rankenpflanzen erstickte Terrasse und sterbende Rosenbüsche, deren Sonnenhunger schon lange nicht mehr gestillt werden konnte, waren sichtbare Zeichen für einen unterlegenen Kampf gegen die sich verselbstständigende Natur, die einen ehemals klar strukturierten Garten wieder vereinnahmt und den Besitzern in einem schleichenden Verlauf aus den alten, kaum noch wirkenden Händen genommen hatte. Die heiteren Elemente, die jeder Garten besitzen sollte und die dieser wohl auch einstmals aufweisen konnte, die fröhlichen Staudenbeete, mit denen die Sonne eingefangen und an trüben Tagen widergespiegelt wird, waren dem allzu mächtigen Schattendruck der Bäume gewichen. Lediglich ein überaus stilvoll angelegter Steingarten, der jedoch inzwischen ebenfalls die unabdingbare Strenge des Gärtners vermissen ließ und, als hätte er sich selbst aufgegeben, allmählich vom Unkraut erobert wurde, sowie einige Farbkleckse aus Kübelpflanzen und Balkonblumen gaben dem Garten noch einen zaghaften, sommerlichen Hauch.

Uns fröstelte. Wir fühlten uns wie Eindringlinge, wie unerwünschte Besucher in einer dunklen, raunenden Welt, die sich jeder Störung mit unwilligem Zweigerauschen und zum Stolpern ausgestreckten Wurzeln erwehrt.

Philémon und Baukis gestanden wehmütig, dem Garten körperlich nicht mehr gewachsen zu sein. Sie seien jedoch bereit, ihre Unterlegenheit als unabwendbares Schicksal hinzunehmen und hätten deshalb beschlossen, die Natur sich selbst zu überlassen und nur einige wenige Gartenteile weiter zu pflegen, solange es ihnen noch vergönnt sei. Das war aber kein freiwilliges, von Altersweisheit getragenes Sichfügen. Aus diesem Eingeständnis klangen so viel Trauer, so viel Resignation und so viel Hilflosigkeit, dass jede Besucherfreude wie unter einer grauen Decke erstickt wurde. Hier stand ein altes Ehepaar, das nur noch sich hatte und einen Garten, der sich ihnen – gemessen an der ursprünglichen Gestaltungsidee – immer stärker entfremdete. Der Garten war nicht länger ihre Schöpfung. Und so entglitt ihnen nach und nach der letzte Lebensinhalt, der sie gefordert hatte, für den es sich lohnte, Pläne zu schmieden, der neugierig auf die Jahreszeiten und damit auf die Zukunft machte.

Wir verabschiedeten uns sehr still. Philémon und Baukis wollten nicht mehr zu dem lauten, fröhlichen Gartenfest zurückkehren. Als sich das Hoftor schloss, empfanden wir überhaupt nicht den üblichen Gärtnerneid auf einzelne Pflanzenschätze, die in diesem dem Menschen inzwischen abgewandten Garten wuchsen. Was blieb, war eine ganz eigene Melancholie, eine Mischung aus Wehmut über den Verlust von Gartenträumen und aus einer rührenden Beglückung, die gegenseitige Zuneigung eines so alten Paares erlebt zu haben. Ich fühlte mich an die antike Sage von Philémon und Baukis erinnert, ein greises Paar, dem wegen seiner Gastlichkeit von den Göttern die Gunst gewährt wurde, im gleichen Augenblick zu sterben. Sie verwandelten sich in eine Eiche und eine Linde, die sich weiterhin mit den Ästen umschlungen hielten:

«Nie möge ich meiner Gattin Grab sehen und auch selbst nicht von ihr bestattet werden müssen!»

Auf den Wunsch erfolgte Erfüllung. Baukis sah, wie Philémon, und der alte Philémon, wie Baukis sich belaubte. Und als schon über beider Gesicht die Wipfel hinwuchsen, sprachen sie miteinander, solang es ihnen noch vergönnt war.

«Leb wohl, mein Gemahl!», sagten sie zugleich und zugleich verschwanden die Lippen beider im Geäst.

Bis heute zeigt man die nebeneinanderstehenden Baumstämme, die aus zwei Leibern entstanden sind.

(Ovid, Metamorphosen)

Nachtgedanken

Die Dämmerung hat noch nicht eingesetzt. Es ist noch viel zu früh, um wach zu liegen und den bevorstehenden Tag mit den Gedanken abzutasten. Ein Hahn kräht. Mein Freund, du meldest dich zu Unzeiten. Oder hat dich ein schnüffelndes Raubtier geweckt? Ein zweiter, weit entfernter Hahn hat den Ruf gehört und antwortet. Er teilt offenbar die Not seines wachsamen Bruders. „Wahrlich, ich sage dir, dass du heute, in dieser Nacht, ehe der Hahn zweimal kräht, mich dreimal verleugnen wirst." Wer sollte mich verraten wollen, wenn ich nicht selbst? Nein, das Bibelzitat kann beiseitegelegt werden. Es sind keine Bedrohungen durch Verrat zu erkennen. Oder sollte ein derartiger Vorwurf meinen Körper betreffen? Eine kurze Überprüfung erbringt keine besorgniserregenden Rückmeldungen. Keine Schmerzen, Puls normal, bett-typische Schwere, Geist wach, allenfalls ein leichtes Hunger- und Durstgefühl. Aber deswegen jetzt aufstehen? Du solltest mehr auf deinen Körper achten, sind die mahnenden Worte der Familie. Mein Gott, ich gebe ihm doch alles, was er benötigt. Beköstige ihn, kleide ihn, bewege seine Gliedmaßen – gut, das Bewegen könnte intensiver, vor allem ausdauernder sein – und führe ihn regelmäßig zu allen Kontrolluntersuchungen. Bisher hat er mir jedenfalls ohne größere Beanstandungen gedient. Ich Herr, er Knecht. Im Alter soll sich das angeblich umkehren. Ich verändere meine Lage. Nein, alles so, wie es sein sollte. „Nicht so ganz", meldet sich zaghaft eine innere Stimme. „Das Gehör scheint nicht zu gehorchen." Stimmt! Doch wie soll man ein Organ disziplinieren, das sich zwar begreifen, aber nicht greifen lässt? Nicht alles zu hören ist kein bedauernswerter Zustand. Im Gegenteil, ein gewisses Maß an Schwerhörigkeit hat eine wohltuende, abschirmende Wirkung. Dennoch, in der Familie rumort es. Klagen werden vorgebracht, ich hätte nicht zugehört oder nicht verstanden. Vielleicht wollte ich ja nicht verstehen. Möglicherweise waren mir die Mitteilungen gleichgültig oder unangenehm und das mir geneigte Sinnesorgan hat sie in liebevoller Weise weggefiltert. Der Arzt warnte. Ich würde das Hören und das Verstehen verlernen. Erst fallen Wortendungen unter den Tisch, dann verlieren sich Silben im Nebel des Ungefähren und am Ende ahnt man nur das, was man hören möchte. Die „Stille Post" dagegen ein wortgetreuer Tatsachenbericht. Also kein Verrat, aber gewisse Mängel, die abzustellen sind. Flink plant der willige Geist Arztbesuche. Mal sehen, ob ich mich daran noch nach dem Aufstehen erinnern werde.

„Jetzt beschönige mal nicht!", mahnt erneut die innere Stimme, offenbar der ehrlichere Teil meines Ichs.

„Darf ich dich daran erinnern, wie sehr deine Kräfte nachgelassen haben? Wie du darüber schimpfst, wenn es dir immer weniger gelingt, schwere Lasten zu heben? Und mit deiner Ausdauer ist es ja auch nicht mehr weit her", fährt der Unruhegeist quälend fort.

Zugegeben, das alles funktioniert nicht mehr so wie gewünscht und gefordert. Die Maschine Körper ist unzuverlässiger geworden. Verschleiß? Den will ich nicht akzeptieren. Also Unbotmäßigkeit! Widerborstigkeit! Befehlsverweigerung! Kurz, bündig: zersetzender Verrat!

Wieder kräht der Hahn. Er ist unüberhörbar äußerst beunruhigt. Sollte ein Fuchs durch die Gärten der Umgebung streifen? Gedanken sind ebenfalls Beute suchende Raubtiere.

176

Wie Marder, die schnüffelnd nach einem Durchlass in den Hühnerstall suchen und selbst kleinste Spalten mit ihren Krallen und spitzen Zähnen aufreißen, um hineinzuschlüpfen. Körper und Psyche reagieren dann zwar aufgeregt und versuchen, sich zu wehren, aber die Gedanken haben sich bereits in das Gehirn hineingewunden, toben sich wahllos zubeißend aus. Befehle und Scheuchlaute nützen wenig. Da hilft nur ein Sprung aus dem Bett oder die Innenwelt derart mit erfreulicheren Erinnerungen vollzustopfen, dass die Eindringlinge keinen Bewegungsspielraum mehr haben. Ein meist nur kurzfristiger Sieg.

Der Hahn ist nicht verstummt. Er beklagt seine Einsamkeit während der noch nicht zu Ende gegangenen Nachtwache und will den Kontakt zu seinem entfernten Bruder nicht abreißen lassen. Die Zeit aufzustehen ist für die Hühner noch nicht gekommen. Nur ich liege wach, viel zu früh, selbst für Hühner, dagegen nicht für Hähne. Unsere Vorfahren erwarteten um diese Nachtzeit einen anderen Ruf und fürchteten ihn. Das „Komm mit, komm mit" des Waldkäuzchens hat ihn zum Todesvogel werden lassen. Wenn das Käuzchen dreimal ruft, stirbt ein Mensch. Und wenn der Hahn in der Nacht kräht? Mein ehemaliger Arbeitgeber veröffentlicht in regelmäßigen Zeitabständen eine Liste der verstorbenen Mitarbeiter und Pensionäre. Diesen kannte ich, jenen auch. Mit der habe ich sogar eine Zeit lang zusammengearbeitet. Mir bekannte Namen häufen sich auf beängstigende Weise. Ich empfinde dieses Wegsterben nicht als Bedrohung des eigenen Lebens, jedoch als einen Verlust meiner Vergangenheit. Diese Menschen sind Bestandteil meiner guten und schlechten Erinnerungen. Von ihnen nur noch als Tote reden zu können, wird der Lebendigkeit meiner Erinnerungen nicht gerecht. Welche Zeit mag mir noch gegeben sein? Was wäre, wenn jetzt, gerade jetzt mit diesem Atemzug der Tod in mein Zimmer träte, sich in seinem langen, weißen Gewand auf den Stuhl neben mein Bett setzen würde, seine Beine übereinanderschlüge, die Falten zurechtzupfte, mir sein konturenloses Gesicht zuwendete und fragen würde: „Nun?"? Rein als Gedankenspiel schreckt mich diese Frage nicht. Die Kinder stehen auf eigenen Füßen, sind gesund und können ihre Familien ernähren, die Ehefrau ist so weit abgesichert, dass sie nicht darben muss. Mit anderen Worten: Das Haus ist bestellt. Was also spräche dagegen, dem Tod zu antworten: „Nun ja …"? So manches Mal habe ich das Aufflackern eines zarten Neidgedankens verspürt, wenn ich Todesnachrichten gelesen habe. Diese Menschen haben hinter sich gelassen, was dir noch bevorsteht. Dabei ist mir absolut bewusst, dass ihr Sterben sehr qualvoll gewesen sein kann. Doch wie heißt es so unvergleichlich treffend? Es ist vollbracht.

Und wieder kräht der Hahn. Wie mutig muss man sein, um seine Stimme in der Dunkelheit laut erschallen zu lassen? Hühner gelten nicht eben als mutige Geschöpfe. Würde ich es wagen, in stockfinsterer Nacht laut und vernehmlich „Hier bin ich!" zu rufen? Dadurch gäbe ich den Feinden im Dunkeln meine Position bekannt und machte mich angreifbar. Also lieber schweigen, klammheimlich vorwärts tasten. Mucksmäuschenstill verhalten. Das sprichwörtliche Pfeifen im Walde hat andere Beweggründe. Es soll signalisieren: Ich bin nicht allein. Mit mir bin ich. Aber in blickdichter Finsternis laut bekennen: „Hier bin ich!"? Hahn, du bist ein Held und nicht der ängstliche Hüter eines noch furchtsameren Völkchens. Hahn, ich bewundere dich nicht nur wegen deines prachtvollen Gefieders, das in der Vogelwelt seinesgleichen sucht, sondern vor allem wegen deines Mutes, den Schimären der Nacht deine Stimme laut und deutlich in aufrechter Haltung und mit vorgestreckter Brust entgegenzustellen.

Wie oft habe ich diesen Mut im Alltag bewiesen? Habe ich, ich allein, meine Stimme erhoben, wenn ich Unrecht gesehen habe? Der jugendliche Protest gegen die tatsächlichen oder vermeintlichen Missstände der Welt, das zählt nicht. Er fand in der brüderlichen Umarmung einer Gruppe Gleichgesinnter oder gar im Schutz einer gewissen Anonymität statt. Im Pulk zu schreien, wenn einem, wenn überhaupt, allenfalls sehr milde Strafen drohen, ist keine sonderlich rühmenswerte Leistung. Die Vorwürfe an die ältere Generation waren schnell erhoben. Staatsanwalt und Richter zugleich zu sein, ist das Privileg der frühen Jahre. Da kommt es auf Genauigkeit, differenziertes Sehen, auf Grautöne nicht an. „Schnell fertig ist die Jugend mit dem Wort", mahnt Schiller. So flink, wie ich damals mein Urteil zu allen Fragen der Politik zurechtgezimmert habe, so zögerlich war mein Wissenwollen, was die eigene Familie betrifft. Die Scheu vor einer vielleicht zerreißend wirkenden Nagelprobe.

Immer wieder taucht die bis heute andauernde Angst aus der Jugendzeit auf, auch der eigene Vater habe während seiner Soldatenzeit Unrechtes getan. Spätere Kameradentreffen, bei denen die Strategien des Zweiten Weltkriegs aus Landsersicht korrigiert wurden, endend mit einem triumphierenden „Dann hätten wir gewonnen!", waren nicht dazu angetan, diese Zweifel zu zerstreuen. Als Vierzehnjähriger erntete ich irritierte, verständnislose Blicke, als ich in aller Unschuld und ohne jeglichen politischen Bezug fragte: „Und dann?" An diese Szene erinnere ich mich noch sehr gut. Ich wurde zum Spielen nach draußen geschickt.

Es war nicht so, dass die nationalsozialistische Zeit in meiner Familie ein Tabuthema gewesen wäre. Im Gegenteil: Meine Schwester und ich setzten unserem Vater in Diskussionen heftig zu, sparten nicht mit Vorwürfen an seine Generation, waren zutiefst aufgewühlt von den damaligen Verbrechen, die durch Journalistenfleiß allmählich ans Tageslicht kamen. Die Frage „Warum habt ihr nichts dagegen getan?" haben wir zwar gestellt, doch stets nur als allgemeine Frage an die Erwachsenenwelt. Das Personalpronomen war immer ein „ihr", nie ein „du".

Der Mut, den geliebten Vater mit konkreten, allein auf ihn gerichteten Fragen zu konfrontieren, fehlte. Aus Angst vor der Antwort, aus der Befürchtung, ihn verlegen zu machen, zu verletzen oder ihn gar verstummen zu lassen? Ich weiß es nicht. Als dann die „Wehrmachtsausstellung" offenbarte, dass es keine unbefleckten Truppenteile gab, war der Vater schon gestorben. Tausend Fragen blieben ungefragt, die Zweifel haben sie überdauert.

Du aber, Hahn, krähst alleine und forderst mutig das Unbekannte heraus. Wir Menschen sind zwar aus unserer steinzeitlichen Höhle herausgekrochen, letztlich aber doch Nischenbewohner geblieben. Wir mögen es eben, von einer verlässlichen Felswand dreiseitig umschlossen zu sein. Schlimm genug, dass wir auf das Grauen vor uns blicken müssen. Gnädig gab uns die Natur Augenlider und zwei Hände, um unsere Augen vor dem Sehen zu schützen. Indes, das Wissen um die Abgründe wird so nicht verhindert.

Was habe ich mit diesem Wissen angefangen? Wie bin ich mit den Informationen umgegangen, die ich im Laufe des Lebens über Ungerechtigkeit und Grausamkeiten erfahren habe? Die erste Flucht besteht in der Rechtfertigung, niemand sei ganz unschuldig am eigenen Schicksal. „Suum cuique" – Jedem das Seine. So stand es über dem Lagertor von Buchenwald. Die zweite Flucht in der Suche nach Stellvertreter-Helden. So, wie man in früheren Zeiten Söldner an seiner statt kämpfen ließ, haben wir heute unsere Helden des Alltags, Helden der Humanität und der großen Politik. Besonders herausragenden Figuren hängen wir sogar den Nobel-Preis um den Hals. Die dritte Fluchtmöglichkeit besteht im Spenden. Wer dennoch nicht spendet, hat als Hilfsargument die Zweifel, ob diese Gelder denn überhaupt ankommen und wenn zum Teil ja, ob sie auch sinnvoll verwendet werden. So kann sich mein Gewissen, egal, welcher Fluchtweg auch eingeschlagen wird, wieder in seine Nische kuscheln.

Der Herr auf dem Stuhl wartet mit großer Ruhe und Gelassenheit. Er weiß sehr gut, dass er zu Unzeiten erschienen ist. Er lächelt. Ich kann es an seiner Stimme hören: „Wann wäre es denn recht?"

Wenn ich krank bin und das Vegetieren eine Qual wird? Oder mitten aus dem Wohlgefühl eines mit Maß erfüllten Lebens heraus? Was möchte ich noch erleben? Welches sind die unerfüllten Träume, dieses „Das musst du gesehen haben"? Als ich meine berufliche Leiter etwas höher erklommen hatte und mein finanzieller Bewegungsspielraum kühnere Gedankenflüge zuließ, legte ich auf dem Globus fest, wohin ich reisen wollte. Möglichst Gebiete, die man erst in einem Lexikon nachschlagen musste, um ihr Vorhandensein nachzuweisen. Zwar gibt es nirgendwo ein Fleckchen Erde, welches nicht erforscht ist, aber möglichst wenige Füße sollten meine Reiseziele durchwandert haben. Aus der Schülerzeit meiner Großmutter besaßen wir einen Atlas mit weißen Flecken in Afrika und Südamerika, die den Aufdruck „Unerforscht" trugen. Wir Geschwister liebten es, diese Leerstellen mit unserer kindlichen Phantasie auszufüllen und in ihnen Menschen und Tiere anzusiedeln, die wir unseren Kinderbüchern entnahmen. Einen Eskimo in der südlichen Sahara fanden wir durchaus sinnvoll. Ebenso schickten wir Pinguine zu den Stromschnellen des oberen Amazonas.

Es war nun nicht so, dass ich als Erwachsener in mir Abenteurerblut verspürte, aber ich träumte davon, über Reisen berichten zu können, die bei Zuhörern Erstaunen hervorrufen würden und nicht ein „Da war ich auch schon". Diese Neugier habe ich weitgehend verloren. Nicht etwa aus einem erzwungenen Verzicht oder der Resignation heraus, sondern weil der Blick heute anderen Interessen gilt. Weniger dem Großen, Erhabenen, Exotischen, dafür mehr der Vielfältigkeit meiner unmittelbaren Umgebung, meinem eigenen Kulturkreis. Ein leichtes Bedauern, eine gewisse Wehmut meldet sich hin und wieder doch.

Der Tod wartet auf eine Antwort. Er ist nicht ungeduldig, sitzt ganz entspannt auf dem Stuhl, wiegt sich ein wenig hin und her.

„Woher soll ich das wissen?", frage ich ihn.

„Na ja, manche meinen, den Zeitpunkt genau zu kennen und rufen mich dann."

„Und dann kommst du nicht?"

„Es liegt nicht an mir, zu kommen, wann ich will. Manchmal werde ich herbeizitiert, meistens geschickt."

„Und wer schickt dich?"

„Darüber", lacht er leise, „gehen die Ansichten weit auseinander."

„Du weißt, dass wir hier nur rein hypothetisch miteinander reden? So ganz unverbindlich!"

„Aber ja", winkt er beruhigend ab, „ich wurde doch nicht geschickt. Du hattest ja lediglich ein paar Fragen."

„Danke, dass du vorbeigeschaut hast."

„Gern geschehen. Ich plaudere viel lieber mit Lebenden."

Der Stuhl ist leer. Der ewige Handlungsreisende ist weitergezogen. Gewiss wird er wiederkommen. Wie mag der Tod aussehen? Der Knochenmann ist ein allzu hilfloses Bild. Im Zimmer meines Großvaters hing eine Kopie von Arnold Böcklins „Toteninsel". Charon, Fährmann im Reich der Toten, rudert eine aufrechte, weiß gekleidete Gestalt zu einer stumm machenden Insel hinüber. Das Bild hat auf mich in der Kindheit eine große Faszination ausgeübt. Später dann habe ich es als morbiden Kitsch abgetan. Heute beginnt es wieder, seine damalige Anziehungskraft zu entfalten. Der Tod als eine erhabene, würdevolle Gestalt, die in ihrer Schweigsamkeit die endgültige Ruhe verspricht.

Erneut kräht mein Freund, der Hahn. Ob er weiß, dass ich wach liege und ihm zuhöre, ja, geradezu auf seine Rufe warte? Soll ich aufstehen oder liegen bleiben? Es ist eindeutig zu früh, um im Haus herumzuwandern auf der Suche nach Lesbarem, die nächtliche Unruhe zu überbrücken. Es ist unerfreulich, wach zu liegen, wenn andere noch tief schlafen. Ich fühle mich aus der Gemeinschaft der Schlafenden ausgestoßen, regelrecht bestraft und betrogen. Warum soll ich überhaupt aufstehen? Was habe ich von diesem Tag zu erwarten? Wo bleiben seine Herausforderungen? Der Wechsel aus meinem Arbeitsleben war sehr schnell und nahezu schmerzlos. Zunächst. Die übliche Abschiedsrede war Pflicht. Meine drei Jahrzehnte umspannende Erinnerungsrede hingegen glich einem Kürlauf durch die Eitelkeiten meines Berufsstandes. Die meisten Kollegen, deutlich jünger als ich, hatten sie nicht verstanden, aber freundlich gelächelt. Sie kannten nicht die von mir erinnerten Personen, empfanden meinen Vortrag offenbar als eine Art Märchenstunde. Es tut nicht gut, vor jüngeren Menschen von Erinnerungen zu sprechen. Konkrete Ratschläge aus dem Erfahrungsschatz mögen ja noch hingenommen werden, ein „Ich erinnere mich noch an …" ruft allenfalls höfliche Aufmerksamkeit hervor, mit verstohlenen Blicken auf die Armbanduhr.

Als eine Befreiung habe ich die ersten Monate genossen und keine Sekunde den fehlenden Druck aus Leistung und Erfolgserwartung vermisst. Doch dann sehnte ich mich nach den Gesprächen mit Kollegen, nach fachlichen Auseinandersetzungen, nach Wettbewerb und dem Spiel um die besseren Argumente. Wer hat jetzt noch Erwartungen an mich?

Der Hahn ist verstummt. Hat er eingesehen, zur Unzeit gekräht zu haben oder konnte er mit seinem Warngeschrei die Angriffe aus der Dunkelheit erfolgreich abwehren? Ich will nicht annehmen, mein Freund, dass du in einem heldenhaften Kampf unterlegen bist und erwarte deshalb deine Stimme auch in der kommenden Nacht.

Die Trägheit der Übermüdung nimmt mich gefangen, hüllt mich allmählich in einen Kokon aus immer weniger fassbaren Gedankenfragmenten ein, die wie an Zweigen hängende Regentropfen träge herabfallen. Nebelschwaden der

Erinnerung, die aus dem Dunkel herandriften, für einen kurzen Moment Konturen annehmen, unverhofft aufreißen, um einen klaren Blick des Erkennens und Verstehens zuzulassen.

Gemächlich und lautlos rudert Charon, stolz und herrisch schreitet der Hahn auf und ab, lachende und mahnende Stimmen, nicht altern wollende Gesichter, sich durch den Urwald kämpfende Uniformen, auf Dünen rodelnde Eskimos – bis der Schlaf den Vorhang des Panoptikums zuzieht.

Der Autor

Michael Krug, geb. 1943, wohnt in 35469 Allendorf (Lumda) und schreibt überwiegend zum eigenen Vergnügen Geschichten und Erzählungen, die häufig biografisch geprägt sind. Zur belletristischen Schriftstellerei kam er erst sehr spät, nach Beendigung seines Berufslebens. Dies ist seine erste Veröffentlichung. Weitere sollen folgen.